雪域昔影

宁世群 著

西北大学出版社
·西安·

图书在版编目（CIP）数据

雪域昔影 / 宁世群著. -- 西安：西北大学出版社，2025.3. -- ISBN 978-7-5604-5561-7

Ⅰ. I227.6

中国国家版本馆 CIP 数据核字第 2024RE8906 号

雪域昔影
XUEYU XIYING

宁世群 著

出版发行　西北大学出版社
（西北大学校内　邮编：710069　电话：029-88302621　88303593）
http://nwupress.nwu.edu.cn　　E-mail: xdpress@nwu.edu.cn

经	销	全国新华书店
印	刷	西安华新彩印有限责任公司
开	本	880 毫米×1194 毫米　1/32
印	张	13.25
版	次	2025 年 3 月第 1 版
印	次	2025 年 3 月第 1 次印刷
字	数	267 千字
书	号	ISBN 978-7-5604-5561-7
定	价	89.00 元

如有印装质量问题，请拨打电话 029-88302966 予以调换。

宁世群的散文诗集《雪域昔影》所展示的雪域风情，很自然又很强烈地把我引回到了曾经奋斗过的雪域高原。写散文也罢，写散文诗也好，没有真切的生活经历是写不出情，更道不出景的。宁世群做到了！可喜可贺！

　　　　中国散文学会名誉会长　王宗仁
　　　　2024年冬写于京城

"老西藏"已是人人皆知的概念了。但怎么算"老"？时间长为老，多长呢？就时间一个元素吗？看看宁世群这本书吧！内涵就丰富、充实、生动而且形象啦！

　　浩浩荡荡三百多篇散文，绝大部分都写西藏，西藏的山，西藏的水，西藏的寺庙，西藏的民居，西藏的历史，西藏的现代，西藏的社会，西藏的人文，西藏人的生活，西藏人的情感，就像一幅巨幅画卷，活生生、洒脱地把一个西藏展现在了读者面前。它犹如一座桥梁，可以让人们通过这座桥梁，由表及里，由此及彼，由浅入深地了解西藏，认识西藏，以至于爱上西藏！

　　认识老宁有些年头了，知道他就更早了！他在西藏新闻界、文化圈无人不知。他从基层到上级机构，从公务员到中央新闻单位的地方分社负责人，涉猎面日益宽广，认识度不断加深，思维境界愈来愈高，使他得以从更广阔的视角、更具体的事物、更深入的层面认识和介绍西藏！

　　时间＋认识＋真情＝老西藏，我这么想！老宁就是这样一个"老西藏"！

　　"老西藏"心里的西藏，会让你爱上她！

王明星——一个一生在藏的老西藏
2024 年 11 月 26 日

（王明星系西藏自治区党委宣传部原常务副部长）

目录

第一辑

3 ‖ 雪山赋

4 ‖ 山神

5 ‖ 草原上的鹰

6 ‖ 高原风景线

7 ‖ 黄昏,远山的烟霞

8 ‖ 踢踏舞

9 ‖ 高山牧场

10 ‖ 初恋,在紫檀树下

11 ‖ 高原地平线

12 ‖ 遥远的秋窝子

13 ‖ 鹰笛

14 ‖ 藏家楼台

15 ‖ 清晨,雪山牧场

16 ‖ 雪崩

17 ‖ 冰川雪莲

18 ‖ 后藏,有一座小镇

20 ‖ 高原,燃烧着一种情绪

22 ‖ 日喀则,有二重合唱

23 ‖ 站在定日看珠峰

25 ‖ 背水的藏姑

26 ‖ 草原上的草

27 ‖ 高原之夜,跳荡着爱的旋律

28 ‖ 火山口

29 ‖ 山那边，有藏胞的思念

30 ‖ 冬晨，有一位牧女

31 ‖ 江里的牛皮船

第二辑

35 ‖ 人在高原

36 ‖ 高原，蕴藏着富饶和贫困……

37 ‖ 雨中月

38 ‖ 拉萨龙王潭

39 ‖ 亚东的小木楼

40 ‖ 擂响的季节

41 ‖ 黑贝壳

42 ‖ 冬日的歌

43 ‖ 牦牛舞

44 ‖ 冰山温泉

45 ‖ 草原红狐

46 ‖ 牧场晨韵

47 ‖ 藏乡的祭祀

48 ‖ 绿芽

49 ‖ 金刚石

50 ‖ 多情的湖泊

51 ‖ 寺院随笔

52 ‖ 校园速写

53 ‖ 酸草果

54 ‖ 藏菩提

56 ‖ 度母

57 ‖ 年楚河

59 ‖ 黑颈鹤

61 ‖ 高原雨季

63 ‖ 草原行

65 ‖ 云雀

66 ‖ 牧神

67 ‖ 赛马会

68 ‖ 那座黑石城

69 ‖ 唐蕃古道

71 ‖ 哈达

73 ‖ 断层

74 ‖ 经幡

75 ‖ 野花，草原上的诗

76 ‖ 古堡

77 ‖ 高原魂

79 ‖ 骚动

80 ‖ 探矿

81 ‖ 古海

目 录

82 ‖ 牧鞭
83 ‖ 达玛花
84 ‖ 锅庄舞
86 ‖ 雅砻河谷
87 ‖ 神湖，雍泽绿措！
89 ‖ 云海
91 ‖ 格桑花酥油茶馆
92 ‖ 神秘的洞穴

第三辑

97 ‖ 秋天，藏蓝色的牧场
98 ‖ 嬗变的牧民
100 ‖ 春，在高原萌动
102 ‖ 高原的崛起
104 ‖ 那座希夏邦玛雪峰
106 ‖ 吉隆，边城小镇
108 ‖ 神女梦
110 ‖ 藏边秋景
111 ‖ 采山
112 ‖ 吊桥
113 ‖ 雪山雕塑
115 ‖ 独礁
117 ‖ 林卡节

118 ‖ 草原绿雾
119 ‖ 高原，我对你说……
　　——献给西藏和平解
　　放四十周年
121 ‖ 仁布绿石
123 ‖ 冰塔林
125 ‖ 六月雪
126 ‖ 雅鲁藏布江大峡谷
127 ‖ 白居塔
129 ‖ 江孜达玛节
131 ‖ 牛粪坨
133 ‖ 绿遍天涯
134 ‖ 珠峰的梦
136 ‖ 纯净的高原
138 ‖ 草原春晨

第四辑

141 ‖ 西海之歌
143 ‖ 泥石流
144 ‖ 牧村女老师
146 ‖ 草原秋霜
148 ‖ 老师,我为你歌唱
　　　——献给第一个教师节
150 ‖ 冷泉
152 ‖ 雪鸡
153 ‖《萨迦格言》演绎
155 ‖ 戈壁夜虹
157 ‖ 七色帆
158 ‖ 走进冰川
161 ‖ 语录塔
162 ‖ 苍鹰
164 ‖ 江畔的藏家汉子
166 ‖ 金刚
167 ‖ 江渡那边
168 ‖ 樟木即景
171 ‖ 石磨·水磨
173 ‖ 雪城
174 ‖ 萨迦

176 ‖ 黑瀑布
177 ‖ 红草莓
178 ‖ 藏乡山谣

第五辑

181 ‖ 藏乡生态
182 ‖ 月亮高高地洒下清辉
183 ‖ 走进这迷离的高原
184 ‖ 那个年龄段的魅力
185 ‖ 晨笛
186 ‖ 牦牛的图腾
187 ‖ 神思藏乡
188 ‖ 萌动的季节
190 ‖ 蓝蓝的躁动
191 ‖ 边镇写意
192 ‖ 牧村夕照
193 ‖ 火烧云
194 ‖ 路之雕塑
195 ‖ 荒原之夜
197 ‖ 消瘦的雪山
198 ‖ 哦,雪盔!
199 ‖ 冬季里一首歌
200 ‖ 去看一条河

201 ‖ 佛铃声
202 ‖ 藏边远风景
203 ‖ 藏边近风景
204 ‖ 草原绿恋
205 ‖ 牦牛，奔的精灵
206 ‖ 驮盐道
207 ‖ 古烽火台
209 ‖ 抗英炮台
210 ‖ 冬牧曲
211 ‖ 晨星
212 ‖ 迁徙者
213 ‖ 哦，高原！
214 ‖ 莽原丛林
215 ‖ 纯情
216 ‖ 蓝烟
217 ‖ 黑隼
218 ‖ 古道之歌
219 ‖ 吉隆沟醉秋
220 ‖ 荒原电火
221 ‖ 垦荒曲
222 ‖ 高原恋
224 ‖ 根吟
225 ‖ 赴藏十周年致同学

第六辑

229 ‖ 藏乡风俗
230 ‖ 戈壁的记忆
231 ‖ 双湖女
232 ‖ 雪猎
233 ‖ 牧人
234 ‖ 吉祥雪山
235 ‖ 褐色的季节
237 ‖ 野檀香林
238 ‖ 西海情
239 ‖ 高原絮语
240 ‖ 在藏南谷地
241 ‖ 拥抱高原
242 ‖ 藏家人的性格
243 ‖ 秋夜雨
244 ‖ 绿宝石草地
245 ‖ 月夜湖畔
246 ‖ 遥远的月色
247 ‖ 沐浴节
249 ‖ 雪域相思
250 ‖ 雅鲁藏布江大拐弯
251 ‖ 冷色调的风景

252 ‖ 雪溪

253 ‖ 高原，无生命禁区

254 ‖ 酥油灯会

255 ‖ 雨韵

256 ‖ 响泉

257 ‖ 雪影

258 ‖ 野村

259 ‖ 走向城市

260 ‖ 雪野的太阳

261 ‖ 摩岩画

262 ‖ 喜马拉雅情怀

263 ‖ 无人区的跋涉

264 ‖ 藏乡，柔软的音符

265 ‖ 哦，牦牛角！

266 ‖ 雪山风暴

267 ‖ 黑戈壁

268 ‖ 荒烟歌

269 ‖ 八月霜

270 ‖ 雪岛雨

271 ‖ 丹霞梦

272 ‖ 悬湖

273 ‖ 雪顿节

第七辑

277 ‖ 那好长好长的黑牛毛绳哟

278 ‖ 那个季节

279 ‖ 漩涡

280 ‖ 青春恋歌

281 ‖ 彩虹谣

282 ‖ 飘落的青果

283 ‖ 草原雨后

284 ‖ 寂寞的牧女

286 ‖ 蘑菇石

287 ‖ 棕褐的土地棕褐的歌

289 ‖ 极地魂

291 ‖ 极地夜色

293 ‖ 夜宿珠峰

295 ‖ 雪马的神话
296 ‖ 阿姆拉的经轮
297 ‖ 富饶的贫困
298 ‖ 阿妈的歌谣
299 ‖ 荒废的老屋
300 ‖ 被遗弃的老村
301 ‖ 古寺幽思
302 ‖ 朝佛
303 ‖ 藏边人家
304 ‖ 野湖
305 ‖ 冰晶画
306 ‖ 野鸽
307 ‖ 冰笋·冰钟
308 ‖ 高原的诱惑
310 ‖ 秋歌
311 ‖ 蓬勃的日子
312 ‖ 冰底河
313 ‖ 街心山
314 ‖ 金顶日出
316 ‖ 心头有一片蔚蓝
317 ‖ 有一种恋爱方式
318 ‖ 失恋的雪山仙子

第八辑

321 ‖ 踏歌藏蓝色
322 ‖ 牧童与太阳
323 ‖ 幽独
324 ‖ 黄昏，在溪边
325 ‖ 神树柏枝
326 ‖ 神骨
327 ‖ 雪山樟松
328 ‖ 雪湖探秘
329 ‖ 虹桥
330 ‖ 藏乡人
331 ‖ 藏乡风姿
332 ‖ 吉祥的山村
333 ‖ 高原之海
336 ‖ 藏家屋顶上的旗幡
337 ‖ 雪线
339 ‖ 阳光
340 ‖ 走进佛堂
341 ‖ 向晚的情歌
342 ‖ 冷月风铃
343 ‖ 古老的藏乡
344 ‖ 黄飘带

345 ‖ 古歌

346 ‖ 空心树

347 ‖ 牧乡吟唱

348 ‖ 黑牛毛帐篷

349 ‖ 走进牧乡

350 ‖ 云笺

351 ‖ 藏乡,生长着一种永恒

352 ‖ 跳丧舞

354 ‖ 孔雀舞

第九辑

357 ‖ 故乡,那个村庄

358 ‖ 绿色的梦

359 ‖ 故乡的翠竹

360 ‖ 故乡的梦

361 ‖ 我梦见故乡那条河

362 ‖ 故乡的香气是醉人的呀!

363 ‖ 凤翔的翅翼
　　——贺故乡凤翔撤县设区

365 ‖ 中秋之夜

366 ‖ 梦回西藏

367 ‖ 六十岁重阳登终南寄慨

368 ‖ 归零颂

369 ‖ 街边的梧桐

371 ‖ 风雪除夕夜

第十辑

375 ‖ 高原诗话

400 ‖ 跋

雪域昔影

第一辑

作者手捧鲜花站在雪山湖畔

第一辑

雪山赋

在晨曦流溢的黎明，你像一座银色的城堡，拔地而起。头戴银色的冰盔，高擎早霞的旗帜，直插云霄。

你坚韧的脊背，撑起一片蓝天的辉煌，你冷若冰霜的外貌，蕴藏着热情豪放的内涵；你身上的雪甲，犹如寒光闪闪的长剑；你面对弥漫的风沙，猛烈的雨雹，狂暴的雷电，浑身没有一根软骨；你身上的每一块肌肉，遇到任何风险，从不颤抖。

雪山，你是岁月和风霜的雕塑，你是江河和山川的摇篮。蓝天，因你而高远；草原，因你而秀美；那世界屋脊的奇丽风景，也因你而壮观！

于是，豪迈的鹰，从你的怀抱里起飞；浩瀚的海，从你的心灵里孵育。雄鹰带着你那颗跃动的心，飞向天宇；大海蕴藏着你凝重的信念，扬起永不衰老的旋律。

1986年作于定日卓奥友峰，发表于《西藏日报》副刊

山　神

山脉，耸起来便成了神。

峰岭，雕塑一下便成了神。

历史，竟是这般神奇，神奇得令你明知其浅显也把它称为奥秘。

山，推倒了，便是平地。

神，敲碎了，便是泥土。

哲理，竟是这般简单，简单得令人们一辈又一辈努力，也难以企及。

1986年作于定日孜仁，发表于《西藏日报》副刊

第一辑

草原上的鹰

来到草原,首先迎接你的,往往是鹰。它在你的头顶盘旋、徘徊,像在追逐碧空间的白云,又仿佛在探索草原上的秘密……

早晨,当朝霞浓妆艳抹,草原一碧如洗,太阳迈着轻捷的步子爬上远处的一脉苍山,你还未见到草原上的鹰,这说明,今天草原上有事情。这一天呵,你可不要远行。瞧吧,在朝霞消失的地方,骤起一片黄云,不要一个时辰,天上风翻云怒,地上沙尘滚滚,拳头大的冰雹会劈头盖面,倾泼而临。

夜,天清清,晚风阵阵。草原的上空,不时传来几声鹰鸣。这说明,明天一定是个好天气,你得抓紧时间休息,枕着柔软的细草,盖着轻盈的星星,让月儿吻着你的唇,让鹰鸣伴你入梦境。

当你骑马在草原上迷失了方向,只要你向着远方眺望,在那蓝色的天幕上,倘若缀着一个个闪亮的黑点子,你便可朝那儿骑马奔去,能发现的,或许是一汪清泉,或许是一群牛羊,或许是一座村庄……

草原上的鹰,你这神秘的鸟,真好!

1982年作于藏北黑河,发表于《西藏日报》副刊

高原风景线

巍峨。峻拔。雄峰。秀色。

天,日日跪拜在你的足下,捧出玉带云,似敬奉的哈达。晨云暮霭,表白心迹无瑕。

清泉。溪流。瀑布。深潭。

养翠幽谷,绣绿河川,簇簇浪花化作点点音符,唱着民族的兴衰,走向海角天涯。

那么明净,你是月亮的女儿;那么美丽,你是银溪玉泉编织的彩霞;那么悠闲,你是苍鹰的故乡;那么抒情,你是白云牧歌作出的画。

街道,行行绿树染醉行人;院落,只只啼鸟逗乐藏家。喜马拉雅的石板,雕刻出古今奇画。后藏谷地的花草,描绘出时代的繁华。

1987年作于喜马拉雅山脉,发表于《西藏日报》副刊

黄昏，远山的烟霞

晚浪，轻轻地摇。一阵阵，一层层，渐渐抹去西天的色彩。檀香树下的圆叶，把一天的结尾抹上一个句号。

烟霞衔着月光，蘸着篝火升腾的火苗，大胆地沿着视线与视线之间的轨道，又一次冲击瞳仁……

泊着一天的色彩，泊着落日的神秘。让眼神系走安宁，让遐想凝为沉思。奔波一天的繁忙和疲惫，被烟窃去；逍遥一天的时髦，被霞掩盖。

霞绕蓝空，檀香叶沙沙，香飘阵阵，柔风微拂。疲劳在黄昏的烟霞中化为泡沫，敲碎残阳，金块融入夜晚，铺在黄昏的山顶。

摘一片黄昏的烟霞，撒进青稞酒碗，戒掉做梦的习惯。采一片黄昏的烟霞，露宿在雪山下，露宿在草原上，露宿在高原的怀抱中……

收拢的烟霞，仍布满天穹，在丰富的夜色中，又开始发芽着新生活。

1987年作于喜马拉雅山脉，发表于《西藏日报》副刊

踢踏舞

踢踏踢踏踢踏，踢踏的脚步踩着六弦琴的节奏，踩着牛粪坨燃烧的激情。踢踏和年龄无关和性别无关和往日的恩恩怨怨无关，口哨伴着踢踏欢愉，肥大的裙裾是繁忙的日子，在踢踏的风中窸窸窣窣。

踢踏，敞口的杯子，装满一个坦诚的民族，装满一个豪放的民族，装满一个宽厚的形象。

在陌生的远方，渐渐真切，渐渐高大，踢踏踢踏，窸窸窣窣，六弦琴在弹在跳在蹦，在忘情地歌唱。

踢踏的人们，忘记自己；踢踏的音响，撕碎黑暗的恐怖。

1989年作于日喀则班禅新宫，
发表于《中国散文诗报》，获全国首届散文诗大赛创作奖

第一辑

高山牧场

　　盛满杯子的绵长忧郁是你梦里的高山牧场。无数的脚印浸泡成瘦瘦的日历,酽酽的苦香飘逸着,此一程而彼一程。

　　远方的天蓝得诱人,白云如帆。草果缀满青青的草地,一个季节淹没另一个季节,帐篷上结出青苔。云朵游去,翻过雪峰绿地记录着页页盲文。

　　历史便从黑牛毛帐篷中走出来,善恶美丑,恩怨情仇,牧歌烽烟轮回,筑造了古格王朝的荣辱兴衰……捕雀的网套依然支着,但没有一只鸟来。秋阳下不要去高处,高处有四季难消的白雪;夜半醒来不要看窗外,窗外会让人忧伤;羊皮被筒里的残梦不要咀嚼,嚼了会感染许多日子,苦透肝肠。

　　就闭上眼睛听那支丝丝缕缕飘袅盘旋的牧歌吧。呀拉索呀拉索,我家住在高山牧场——

　　于是,紫红紫红的草果便垂下来,嘟嘟噜噜的紫穗便垂下来,喷香喷香的牧歌便飘过来。

　　你的高山牧场,四季都泛着微黄……

1994年作于阿里普兰,发表于《西藏日报》副刊

初恋，在紫檀树下

一条如纤小路向西延伸，千百次地想拴住夕阳。

一棵紫檀树站在河边耐心地做旁观者。

风，匆匆跑来提醒——

又在等待。

一位藏家姑娘站在树旁看小路看夕阳……眼睛里燃烧着一片灿烂的光芒……

终有两盏明亮的灯熄灭了——

还在等待。

小河依偎着小路，小路依偎着紫檀香树，紫檀香树依偎着藏家姑娘，藏家姑娘咬着自己的手指头……

仍在等待。

上了年纪的风，正轻轻地不断重复着那些安慰的语言……

真可惜——

一幅油画，没人欣赏；

一首古词，没人研读。

初恋，在思念中又一次被黑夜占有了……

1990年作于日喀则年楚河畔，发表于《西藏日报》副刊

高原地平线

在目光极处,真的有希望酝酿。数只云雀耐不住寂寞,倏地冲天而起。

发现天没有了,只有蓝色的气体,罩着一颗球体,一些本来不存在的魔幻东西,却被气体制造了出来。

愚弄弱者的视觉,有的相信,也有的不相信,于是便生产出了雪山、草原、森林……

1988年作于仲巴,发表于《西藏日报》副刊

雪域昔影

遥远的秋窝子①

  遥远的秋窝子是一朵黑色的蘑菇,遥远的秋窝子伫立在静静的草甸子里。一条清澈的小溪,一堆古老的芨芨草,一条黑色的牧羊犬,慵懒地组建起这座斑驳的秋窝子。

  没有风。闪烁在草叶上的露珠还没有被初升的太阳融尽,空气中散发着草腥、泥土、腐叶湿润的气息。石砌的栅栏不经意地围着一块米黄色的青稞田,一条小路弯弯曲曲地从山坳伸向树木掩映的粉白色的牧村……

  小溪没有声音,秋窝子没有声音,草甸子里一片寂静。或许远方的牧村已诞生一种神奇的声音了,或许经幡伴着紫烟已升腾上晨空了,或许牧人赶着羊群已从一个秋窝子走向另一个秋窝子了,或许秋窝子的历史传说已经冻入泥土的深层了……

  遥远的秋窝子像草原上一幅褪色的风景画,遥远的秋窝子展示着草原默默流走的岁月。

1994 年作于阿里,发表于《西藏日报》副刊

---

  ① 秋窝子,牧人在每年秋季到偏远的草原上去转圈放牧,临时搭起的一种牧围棚。

鹰 笛

拔一根雄鹰的翅骨作笛,奏一曲骨骼中深藏的奋斗的歌。

生前用它穿云破雾地飞翔,翅羽有奋发的记载,翅骨里凝满炎日冰霜风雨雷电……

死后,最新的构想展开希望的翎羽拍击绚烂的云彩,把婉转的歌吟洒进娴静的湖泊,把落叶林的寂寞唱成树芽风抹绿的油画,把悄悄的落霞唱成悦耳的铜铃。然后,让田野里那些沉睡的种子,推开紧闭的门,吐出纳闷,装饰青春……

过去的就让它遗忘在门槛的那一边。未来的就让它没有忧伤的音符去浸润……

1987年作于日喀则,发表于《西藏文学》

藏家楼台

藏家的楼台,托起一朵绿云,一片花林,像一幅立体的画,像一首无声的诗。

高原风光,汇聚在咫尺楼台。

藏家有了它,才有了缤纷的斑斓;楼台有了它,才增添了盎然的春意;生活有了它,才留住了芬芳的年华。

花盆把藏家的夙愿,播进盼春的双眼。每一双眸子里,塑造一个美丽的化身;每一双瞳孔里,展望一个崭新的春天。

藏家楼台上的花,似锦似云,总是吸引着我的眼睛我的心。它使我思索那种花的人,倘若胸怀里没有肥泥沃土,怎么能在没有泥土的楼台上种出一片春!

因此,我总爱凝望着藏家楼台,探索楼台上那爱美的灵魂。

1987 年作于日喀则,发表于《西藏文学》

清晨，雪山牧场

那个肥硕的月亮，啃了一夜带露的牧草，把晶莹的珍珠撒满牧场。

藏家姑娘提着奶桶走出帐篷，步态轻盈。于是，牧场就溢满乳雾和乳香。星星在奶桶洗浴之后，带着乳香睡觉去了。奶牛卸下一夜的重负，又把乳房轻轻地挂在淡紫的山岗。

阿妈啦娴熟地操起酥油桶，动作像舞蹈般抒情。于是，山溪在一旁继续它的弹唱。酥油桶有节奏地响了起来，滤下浓重的雾脂，流出清淡的晨光，空气里弥漫着浓浓的奶香。

点火，烧茶。煮一锅昨夜从甜甜的小河边打回的情话，当然不会忘记放盐，撒几粒清苦，使早餐微咸而清爽。

羊群在撞击着栅栏，骚动着，不安于囚禁的海浪。哗地拉开海的堤坝，硕弯的羊角，挑出一片绯露的流霞。

1988 年作于仲巴，发表于《西藏日报》副刊

雪 崩

　　一座雪峰，转瞬间不见了踪影，留下了一个甜甜蜜蜜的笑靥；一道雪岭，陡然间去向不明，创造了一个轰轰烈烈的业迹。

　　像洪水破堤而出，像流星划过长空，冰山塌陷，雪崖跌落，大自然调整了重量的平衡。

　　是承受太多，还是头重脚轻？是心志太高，还是攀登失足？

　　哦，毁灭了一个屹立的奇观，创造了一个流动的奇观；是一种激动的快乐，也是一种痛苦的悲哀。

　　那又是什么？旁边又崛起了一座新的雪峰，一个晶莹的梦正在诞生，也预示着一次新的雪崩又将来临！

　　1988年作于珠穆朗玛峰东绒布冰川，发表于《西藏日报》副刊

冰川雪莲

谁说这里是生命的禁区?有雪鸡啼叫,有雪豹啸嚎,还有登山队员留下的那一行行攀登的足印……

令人震撼的是,顽强的冰川雪莲,晶莹的生命在这里萌芽。于是,僵死的季节便有了欣欣向荣的生机。它执着于强烈的信念,迎着阳光落落大方地绽开了蓓蕾……

有人说它顽强的生命,只是为自己活着。曾几何时,谁能观赏?

它却淡然一笑,面对冰雪,面对蓝天,面对太阳,尽情欢快地飘着似玉兰又似栀子花的清香。

一旦登山者生命处于垂危的时刻,它就献出自己洁白的身躯,把死神驱出禁区。

1988年作于珠穆朗玛峰东绒布冰川,发表于《西藏日报》副刊

雪域昔影

后藏,有一座小镇

死寂的蛮荒,乌鸦的翅膀划出一道道黑色的经幡,飘浮在小镇上空。野狼时常自由自在地从小镇出入,用嗥叫的啸音,炫耀荒凉的恐怖。狗叫了,"汪汪"声与之对垒,撞响小镇呐喊的意志。

小镇,在狗吠声中醒来了。

野风,像疯狂的舞女,在小镇天幕的舞厅里,歇斯底里般旋转,沙石伴着牧草的枯叶相撞,发出迪斯科般的音响,节奏急促。扬起的黄尘,弥漫天际,把蛮荒充塞小镇的每一寸空间。

小镇,像一座与野风抗争的据点。

远山的峰岭,被冰雪肆虐覆盖。冬季向小镇蔓延,图谋占领小镇这块地盘。可小镇并没有沉默,露出一座座藏式小屋,冒出一缕缕炊烟,长出一片春天的童话。

小镇,宣告了城市梦的复活。

牧鞭在空中炸响,写出一声声宣言,像大雁耕耘蓝天,像犁铧翻起沃土,编织了小镇的传奇。岁月的刻刀,雕出小镇藏家粉墙上的驱邪符,凸现了原始的古朴。

小镇,为开拓繁华举起了太阳杯。

<blockquote>1986年作于亚东帕里镇,发表于《西藏日报》副刊</blockquote>

雪山下的小镇

高原,燃烧着一种情绪

　　一种灵性的情绪在交织,在掺和。黑色的神鸦孤独的语言在古老的高原孕育、旋转。满山遍野的荒凉退潮了,一场辉煌的图腾像经幡一样展开。呵,高原的阳刚之美在涅槃中更生。

　　雪峰依然沉寂,依然不动,在充满阳刚之美中熏染空气,在充满豪放之气中凝固山川。背负高远的蓝天,苍鹰在悠闲地展翅盘旋,眸子里热恋着炽烈的太阳。这时候,高原上仿佛穹隆起熊熊烈焰,在无穷无尽的空间里燃烧,把一片片云彩焚烧得像火中的凤凰,在新生中涅槃,在涅槃中新生。

　　就这样,万朵火云使万物沉浸于涅槃,沉浸于更生的痛楚,沉浸于大自然与人类的胶合。高原上的生灵万物,在这个时候一齐复苏,它们再也不愿幽闭贞节,裸露着强悍的胸肌,把娴静的女神高高举起,像举起一面生命的旗帜。

　　就这样,循着释佛的足迹,上下追溯,寻找那些被遗忘的和鲜为人知的历史,探索那些古老而变幻莫测的神秘,挖掘那些沉淀在生活中的漫长和深邃。佛说,这片神奇土地上的子民,对他从来忠贞不渝。于是,那些生于斯长于斯的子民,迎着朝阳,把追求幸福的船儿,驶向了彼岸,驶向了天堂!

1989年作于日喀则,发表于《西藏日报》副刊

转移牧场

日喀则，有二重合唱

"丰田"与牦牛共用着街道上的柏油路，马达与牛车在这个集镇上并喧。

老街市场迎来的，有兽皮也有毛料；酥油茶馆飘来的，有茶歌也有立体声。

医院门口停着吉普，也拴着毛驴；病房里荡着来苏水的芳馨，也飘着膻味的浓郁；撩开衣襟的老人，一面接受听诊器的叩问，一面捻着佛珠乞求佛佑。

醉人的贡觉林宫燃起篝火时，青稞酒碗里邀来淡月繁星，男女老幼团团跳着踢踏、"锅庄"，唱着欢乐的酒歌助兴，也有年轻辈伴着音乐跳起疯狂的迪斯科或者街舞。

置身在日喀则市，就像置身在民族画报的彩页里，不是诗人，周身也会涨起难以抑制的诗情……

1987年作于日喀则，发表于《西藏日报》副刊

第 一 辑

站在定日看珠峰

只有你能踏进天庭，去抚摸星辰。虽有高原风沙，仍一尘不染。远看，一身素洁、晶莹！

有着朴素的外表，却有着不朴素的心灵。你虽被称誉为世界第一高峰，但站在定日岗嘎草原看你，却显得四平八稳，毫无千山之首、地球之巅的气势，毫无煊赫的风采和夺目的姿韵。我看到在你的头顶，依然旋飞着苍鹰，依然矗立着一朵朵白云，你被它们骄傲而毫不留情地踩在脚底。

珠峰巅顶，终年不消不融，以为没有生命，以为一片死寂。更有煽情的作家诗人，赫然宣称：只有世界级的登山队员，才配征服珠峰！有趣的是，在定日岗嘎草原，我碰见了两位草原牧民，他们风趣而幽默地对我说："登珠峰有啥难的！只要我怀揣两个馒头，明天早晨出发，赶中午把五星红旗插在峰顶！"

不知然否！我相信也不相信。在珠峰登山大本营，我清楚地看到，西藏登山队长，为登顶被冻掉了五个脚趾，还有几名登山队员，浑身留下了一道道登顶的伤痕。

当我亲自登上海拔六千六百米的二号营地，才领略到，写稿要用手撑起眼皮，浑身软酥酥像踩着棉花云，张大嘴只

能喘气却不能出气,就像掉在水中被淹得奄奄一息而苦苦挣扎的感受。

我相信,那两位牧民说的是实话;我相信,我看到被冻伤的登山队员是事实;我更相信,自己亲身的体会,绝不是梦!

1988年作于定日岗嘎。此篇系从当年的采访记录本上搜集,未曾发表

万峰之首珠穆朗玛

背水的藏姑

挂在树枝上的歌，甜甜地，洒落在心灵的花瓣上。没有涂过口红的小溪，抖开天然的情思，迈着碧蓝碧绿的脚步，染碧了乡村。

崎岖蜿蜒的小路上，水桶晃荡着她轻盈踏实的步伐，越过陡坡，跨过沟坎，再也不是追逐嬉戏的日子了。那一根根细辫夹上彩线，盘上了头顶，标志着成熟。眼神不再稚嫩、青涩和懵懂了，披肩上的汗珠，也散发出浓烈的青春气息。

阳雀的啼声，划破了心事。路边的马蹄花害羞地笑了，与脸颊的颜色一样绯红。有只鹰飞去，遥远。

希望有个人到来，遥遥地看着。延伸的路的尽头，有宽厚的肩膀，能倚能靠。还在胡思乱想时，居然已经到家了。背水的路，太短！

1987 年作于谢通门县，发表于《日喀则报》副刊

草原上的草

来到草原,扑面而来:草!草!草!

牧笛声声,满眼风光:绿!绿!绿!

卓玛草、热巴草、邦锦草、芨芨草……谁能算得清,草原上有多少草,草中又有多少料?但见那,漫漫草原皆是绿,绿得冒油,绿得醉人,绿得像翡翠,绿得像蓝天,绿得像碧涛。

啊,绿——生命的火;草——草原的宝。

牧笛声声,点燃我心中热恋的火苗;恋高山,恋流水,更恋这无际的茵茵芳草。千里迢迢来相识,为的是从今用你打底稿,把锦绣文章、高原宏图,用秦川儿女的拙笔细细描,细细描!

且听牧笛声声,吐出情思缕缕。

——草!草!草!

——宝!宝!宝!

1982年作于拉萨,发表于《宝鸡文学》

第一辑

高原之夜，跳荡着爱的旋律

　　高原的夜，恬静、安谧。一股爱的电流，正在悄悄地传递。
　　夕阳在小路上流连；弯月把星星轻搂；暮霭勾勒着山川的轮廓；溪流吻舔着纤秀的花草；夜风抚摸着村庄的树木；炊烟依恋着屋顶的经幡；花叶簇拥着露珠小憩……
　　躺在栏栅里的牛羊，虽闭着眼睛，仍不停地倒嚼着白天吞进腹内的草食；牧狗在村头"呜呜"地交头低语，却竖起耳朵警戒着周围的动静；孩子枕着妈妈的肘弯，打着匀称的鼾声；姑娘嘴角挂着微笑，吐着甜蜜的呓语……
　　远处，谁家温水，洗浴刚刚坠地的羊羔；谁家挑灯，浇灌正待抽穗的青稞；更有那些不知名的虫萤，编织着夜的大合唱……
　　哦，高原之夜，安谧的夜，宁馨的夜，编织着一曲和谐柔美的交响乐，跳荡着爱的旋律。
　　高原睡了，枕着爱的枕头，静静地躺在爱的摇篮里。
　　　　1989年作于日喀则边雄乡，发表于《西藏日报》副刊

火山口

　　一种气势,一种力量,一种勇敢,一种坚韧,雕刻出你苍劲的肩膀、伟岸的身躯。透过岩浆瞬间喷涌凝固的造型,看到你冷傲而永恒的灵魂。

　　想那千钧一发的时刻,你是地火岩浪粗暴蹂躏留下的印痕,刻在高高的山顶。我知道,你是在与命运抗争中才完成的追求。所以,你的面容刚强、坚毅、冷峻。

　　面对你曾经被厄运锻打过的胸膛,我仍能聆听到当年岩浆滚烫汹涌澎湃的炽烈的心声。那嶙峋而波澜壮阔的石纹,清晰地拍摄下了火山爆发时的创作情景。

　　我明白,在经受亿万年风吹日晒雨淋之后,你记录的仍然是燃烧,是喷涌!哦,你才是地球上最原始最古老的摄影作品。

　　　　1989年作于米拉山火山口,发表于《日喀则报》副刊

山那边,有藏胞的思念

思念的日子扭曲成愁肠百结的苔藤,枯寂怅然的白昼与凄清苦楚的黑夜,勾结成残酷的链条。

生命的每个环扣,像牛皮绳上的结,都浸透思念的甘霖。曾经平淡的岁月,早已锈迹斑斑。慨叹渺茫的人生并非处处有芳草,遥远的思念方诱惑无穷。

在异域流落漂泊多年,但故乡的记忆并未走向遥远。谁愿意离开故乡的热土?谁愿意在异域遭受白眼?谁相信柔情的生命在异域还会璀璨?只见放牧故乡的大雁,翅尖带来山那边震颤心灵的足音。

太阳突然老了。它缓慢的脚步,把一天迟滞成三千年的历史。黑夜累了,却依然失眠。黎明那惺忪的睡眼,总是睁开得太迟。当再次跨过那座山时,才发现山河早已旧貌换新颜,岁月也已地覆天翻。

此时,新鲜的日子如晨露般清新透明地滑动,如幸福鸟一般轻盈快活地灵转。渴盼的白鸽如轻云从湛蓝的天空降临,撕开心灵的信任,涌流出回归家园的慰藉。思念的翅膀,变成纯洁而坚贞的信念,扇成一弯绚烂的虹桥,把山两边遥隔的心结联。

1989年作于亚东县,发表于《日喀则报》副刊

雪域昔影

冬晨,有一位牧女

　　头戴一顶狐狸皮帽子,把女性的温柔裹得严严实实。那双眼睛、那飞身上马的一跃,十足地显现出威猛和剽悍。

　　马蹄声震醒黎明,白云的手绢,再不拂拭你女性的纤弱。当牧鞭撕开遮路的雾霭,阳光的梭子,织一件金色的藏袍,披在你强壮的身上。

　　有一天,你和情人在牧场谈恋爱。开汽车的师傅摇着头,不可思议地说:"牧区,也传染上了同性恋,两个小伙子谈恋爱。"然而,草原上的草,却被你的爱,温暖出嫩绿的芽。只有草原上的风和草原上的雪,才知道你草原般宽广而深沉的感情,能温暖比草原上的风和草原上的雪更粗犷更豪放的藏族小伙子。

　　从来,你的追求和理想就是这样固执。你说在银幕叠映的天空中,那只自由翱翔的鹰,是由骏马飞刨出的蹄巢放飞的;雪中绽放的朵朵雪莲,是由朝霞般脸庞的血液浇灌的。

　　　　　　1988年作于浪卡子,发表于《西藏日报》副刊

江里的牛皮船

滔滔江面上，忽有一叶小小的牛皮船凌空飞来，像晴空里飘动的一片落叶，像江面上奔驰的一匹骏马，像蓝天下展翅的一只山鹰。

凶猛的漩涡，拧紧了一条条绞索；拍岸的波涛，溅起了一朵朵浪花；仿佛要把牛皮船拖入无底的深渊。更有那暴烈的激流，卷起千堆雪，张开了血盆大口，仿佛要把牛皮船吞入腹内。阴险恐怖的礁石，像一柄柄时隐时现、时藏时露的利刃，仿佛时刻准备着把牛皮船劈断斩烂……

但见那，牛皮船上巍然站立着一个驾船的藏家汉子，他长发夹着彩线盘在头顶，长筒藏靴上扎着高高的绑腿；他身材高大，面如古铜，显得英武威猛；他腰里别着一柄藏刀，目光炯炯如炬，敏捷而灵巧地将桨板左右挑拨，牛皮船便闪电般跃过浪峰，任凭冰冷的水珠溅湿脸颊。

忽然，浪高流急，牛皮船儿在江心打旋儿，仿佛失去了控制。只见那藏家汉子安详的神色稳如泰山，毫不畏惧，双手轻轻一抹，挥动桨板，劈开狂涛，踩下恶浪，绕过礁石，目光始终朝向前方……

1990年作于日喀则大竹卡，发表于《日喀则报》副刊

雅鲁藏布江里的牛皮船

雪域昔影

第二辑

作者和他的喇嘛朋友

人在高原

在白云和星辰之间，我曾经执着地寻觅那片深邃的蓝天；在峻岭和浪涛之间，我曾经仔细地捡拾那缕流动的云烟；在绿叶和枯草之间，我曾经痴心地采撷那个变幻的季节……

哦，我不曾脱下戎装，我不曾卸下马鞍。我曾经用饱含深情的双眼，仰望着茫茫苍穹，步履艰难地跋涉在茫茫高原。

在白昼和黑夜之间，我寻找日月；在虚无和存在之间，我寻找永恒；在远古和现代之间，我寻找痛苦的思索……

哦，我发现了一个民族沉浮起落的沧桑，我看见了远古那次岩浆奔突的火山，我听到了战马刀戈跨越疆域的诗韵，我遥望着绚丽辉煌的彩虹和一轮喷薄而出的红日，依然默默地跋涉在茫茫高原。

在一页历史和一首歌谣之间，我曾经冷静地审视那每一个标点；在一双眼睛和一颗心灵之间，我曾经激动地记录下那声挚爱的喟叹；在一座峰峦和一道峡谷之间，我曾经欣喜地发现一处风韵别致的洞天……

哦，为了寻求那无声的爱、无形的美、无字的诗，以及那一瞬永恒的短暂，我曾经不知疲倦地跋涉在茫茫高原。

1989年作于念青唐古拉山，发表于《日喀则报》副刊

雪域昔影

高原，蕴藏着富饶和贫困……

草原、雪山，蕴藏着不和谐的和谐。

呵，高原，从富饶和贫困中醒来，带着原始的纯洁，带着荒古的神秘，带着野性的诱惑，带着文明的魅力，冲向时代的舞台，向世界郑重地宣布自己的昨天、今天和明天……

在富饶和贫困的组合里，有丰富的资源矿产，美妙的诗情画意；有原始的刻木结绳，荒古的茹毛饮血……

然而，富饶没有沾沾自喜，贫困从不滴泪叹息。充满希望，燃烧理想，奋斗呐喊。

这里已告别痛苦，踏着思考的路，在黎明前反思。

这里正出现新的崛起、新的诗碑。

1989年作于日喀则，发表于《西藏日报》副刊

雨中月

月还挂在天空,雨已刷刷落下。这高原的夏夜,奇妙,稀罕。

透明的云并不迷蒙,晶莹的雨不设栅栏。唯独皎洁的圆月,被囹圄定格在天幕的中央。

撞不见云的盼眸,沐不着月的银光。细雨飘洒着情感的泪,滴落点点甜蜜的辛酸。穿透云层,月在惆怅,从云的眼眶,掉下失意的激动。

簇拥着淡淡的星,挟裹着细润的霁,月仍是圆圆的脸,露出了柔柔的目光和甜甜的笑靥。

1990年作于萨嘎,发表于《西藏日报》副刊

雪域昔影

拉萨龙王潭

幽幽的龙王潭泛着绿波,晶亮透明,倒映着蓝天、柳丛和布达拉宫的背影。有人比喻它像藏家少女动人的眼睛。

古柳像潭的睫毛,罩在眼睛的周围,绿滴滴分外秀美。那皎皎的亭阁月影,是亮闪闪的瞳仁……

它曾看过历史的兴衰,它曾见过世事的苦难和不平。仓央嘉措①曾在这里留下幽会的背影,悠悠往事也曾掀动过潭水的细波瘦纹。

长长的岁月里,当春风化尽残雪,当潭水流音琮琤,面对千年往事的五光十色、千样锦绣,龙王潭用这咫尺滟光,闪闪粼粼。

据传,龙王潭因修建布达拉宫而形成。面对着用自己身躯筑成的世界名宫,面对着古柳星辰的水中倒影,它的存在,闪烁着民族的智慧,对历史、现实和未来,眼波里都饱含着深情。

1986年作于拉萨,发表于《西藏日报》副刊

---

①仓央嘉措系六世达赖,有情歌留世。其诗作中曾描写自己出布达拉宫后门经龙王潭到八廓街与情人幽会。

第二辑

亚东的小木楼

拔地而起，突兀凌空，掩映着精巧和宁静。小木楼竖立在披绿叠翠的亚东河谷，远远望去，恰似泊在林海中的一张张白帆。

在这古老的边城小镇，每个藏家人都曾经有个木楼梦。如今这梦已成真，一栋栋小木楼美丽别致而又时髦炫酷。河谷底那栋清末民国时期的关署木楼，至今仍保存完好，却愈显灰暗古旧，依稀记载了岁月的沧桑和历史的悠久。

远方的客人来木楼做客了。太阳也跟着凑热闹，大方地从玻璃窗进屋了。月亮、星星更是不请自到，也从玻璃窗跟着进屋了。

于是，木楼的火塘燃起来了，火苗上煮着一锅太阳和月亮；屋顶的炊烟飘起来了，盘旋着人间烟火和七情六欲；酥油茶和青稞酒的味儿浓起来了，传播着主人对幸福生活的知足和满意……

哦，小木楼里的故事，开始了。

1988年作于亚东下司马镇，发表于《日喀则报》副刊

擂响的季节

属于雨雾的山坳，属于歪斜的帐篷，属于手粗力壮的藏家汉子，属于风雕雨塑的岩石图腾。

月亮流着泪水，山谷也流着幽静。山的世界旋转着灼热的回应，擂响遥远的空谷传声……

振聋发聩的渴望，引爆轰轰烈烈的连锁反应，倾泻着天与地的色彩。于是，绿色覆盖了整个大地，长满绿茵茵翠油油的憧憬……

太阳的乳汁十分醉人。一群蝴蝶飞来了，黄的蓝的白的黑的灰的紫的还有斑的。飞着花朵，给高原带来许多许多真诚。

长长的阳光，长长的旅程。绿色点燃藏蓝的想象，江河卷起汹涌的流程。

一切的一切，默默地积蓄着饱满，积蓄着成熟。

1989 年作于白朗，发表于《日喀则报》副刊

黑贝壳

古西海隆起的那一刻，黑贝壳从老远的地方聚到一起。那时的天空一半出太阳，一半下雨。没有前兆，它们还一个劲地迷恋着曾经的浪花。

黄昏血红，所有岸陡然撤出海域。黑贝壳心帆疲惫，没有地方可去停泊，记忆坠落。归途被熔凝成化石，镶嵌进喜马拉雅的深岩层。

太阳风穿透缠绵的八月雨，岁月的利剑凿透深谷。黑贝壳重见天光时情绪依然潮湿，记忆在沉默中被时光定格，栩栩如生的形象被跃然复活，历历往事被瞬间闪爆……只是不清楚其身上的黑壳是前世天赐，还是火山所灼，或是再世留痕？

你曾经是有生命的吗？你的归途就应该在这里吗？黑贝壳积蓄了太多的心事，有很多想倾诉的心语。当我幸运地得到一枚黑贝壳，把玩之余，不再陶醉于天工物化的美，不再夸赞其造型艺术的真，不再欣赏大自然精湛的画，而是感受到远古生命的温度，感受到生命岩化时的悲怆和怜悯。

1987年作于定结，发表于《日喀则报》副刊

雪域昔影

冬日的歌

冬日的高原是丰厚的，孕育着广袤与粗犷的诗行。严寒封锁了道路，冰霜隐蔽了村庄。

河流凝固了，一片洁白。河流说："在白色的禁锢中我思索着已经成熟的岁月。"

寒风呼啸，拍打着每一扇紧闭的门窗。寒风说："我真心喜欢每一扇门窗后的那些笑语喧哗的声音。"

白霜覆盖着草原，白霜下有牦牛负重的蹄印。霜花说："我已把对来年崭新春天的向往渗进草根里。"

高原的冬日到处有严酷的美丽，高原的冬日到处有生命的孕育。

冬日的歌是微弱而稚嫩的，冬日的歌披上了美与力的铠甲，冬日的歌不会羞怯，不会战栗，不会凄迷……

1986年作于日喀则，发表于《西藏日报》副刊

牦牛舞

噼噼啪啪的舞步响起来,热烈、奔放、狂暴。是因为来自高山牧场吗?抑或只有这样的节奏,才能表现出一个民族的豪放。

粗壮的高筒藏靴像牦牛蹄般有力,肥硕的氆氇藏袍卷起旋风,腾跨跳跃,聚合像迎击暴风雪般强劲。那狂放而又张扬的舞姿造型,仿佛拉萨西郊街心的那尊牦牛雕塑。

强健、狂放,舞步夸张而急促。高亢、刚毅,神采拟物而飞扬。

从高海拔苏醒的旋律,震颤着挺腰蹬腿牴角,性格不屈不挠;稳健的步履,展示出登山越涧爬坡的强韧;那啃草的姿势,一点儿也不温柔,就像狮子在滚绣球……

跳吧,跳着舞;舞吧,舞着跳。跳出属于一个民族已经发酵了的情绪,舞出属于一个民族已经成熟了的艺术。强劲的舞蹈语言,震动了一个能歌善舞民族的厚重感情。

1989年作于日喀则,发表于《日喀则报》副刊

雪域昔影

冰山温泉

冰山闪露着严寒的笑，阳光的血液被融化了。温泉喷射着蒸腾的浪，瞬间却又变成冰雕。造化总是那么神奇，在一瓶陈年老酒中，把这个世界上的矛盾搂在一起，让矛攻盾，让盾挡矛。

星星蹲在天河的一边，眨着眼睛望着这种不和谐的和谐，幽默风趣地捻须低吟：谁道水火不相容，天方夜谭越来越近，凉热哪有分水岭？

月亮将瞳孔深深地凹下去，将沉重的天幕抠破，慷慨激昂地抚额感叹：造物主最为聪慧，世间所有的排列组合都是绝配，只是找不到流淌光亮的缝隙。

风像是一头牦牛，莽莽撞撞地嚎叫冲撞，撞破了冰山的额角，摇碎了温泉的氤氲。它晃动着一串灵感，追随着冰帆蒸浪。于是，许多杰作便匍匐于地。它豪情万丈地如此宣称：想象力才是创作的灵魂！

1987年作于仲巴搭格架，发表于《西藏日报》副刊

草原红狐

是跳跃之火？是燃烧之血？是图腾之魂？

从草丛中迅疾而去，从山旮旯匆匆跃过，从牧场一角诡异消失……

牧人尊它是草原上的精灵；

民间流传着它曾变身度母救赎生灵的美丽故事；

专家称它是草原保护神，专捉毁坏草场植被的鼠兔……

它喂养了牧人桀骜不驯的想象。

哪怕，牧人的渴望曾被它的红尾烧干燎焦；

哪怕，牧人的善良曾被它骗过千次万次；

牧人也情愿为它而哭而忧，而笑而愁，也不愿提及它过去曾经有过放屁的龌龊，也不相信它曾经偷吃过小鸡和传播过疫疾。

牧人，永远也走不出它漂亮皮毛和优美传说的诱惑。

1986年作于南木林，发表于《西藏日报》副刊

雪域昔影

牧场晨韵

  液体的早晨从指缝间滑出,山泉叮叮咚咚的声音伴随着甜甜的乳雾缓缓地流动。草原成了一个巨大的奶盆,盛满了乳白色的音符。

  七零八落的星星被岚气淹没,每棵草上的太阳被露珠浸红,微醉的风儿伴着经幡翩翩起舞。

  羊群咩咩地叫着骚动,奶溪亮晶晶地眨着眼睛,快乐的牧童在帐篷里捧着墨绿的草原高声朗读……

1987年作于谢通门,发表于《西藏日报》副刊

第二辑

藏乡的祭祀

穿过茫茫的洪荒,祖先发现一种洁白的石头,与火草碰撞,在暗夜划出闪电。雨季停息,野火噼啪作响。

祭祀开始了。追求天地人神的和谐,祈祷或嚎唱,图腾的影子充满宇宙。于是,丛林狂舞,烈酒在胸中激荡,悲哀消隐,生命绷紧了弦,幽幽的天籁之音在山谷回响。

一个秋天,村庄迁徙了,村民虔诚的心与空旷对话。老人点燃了举在手中的一束藏香,把酒洒在石头上,唱着苍凉悠远的歌。无数的灵魂得到安息,诸神便在山岗的梦想中流浪。

凝望远山,村民们转经、祈祷、叩拜,是缅怀祖先,还是祈求神佛?忧伤的谣曲渗入骨髓,如血液般滚烫。

衰老的脚步慢慢沉寂,巫师也停住了法铃,虚幻的暮霭远远飘逝,只有祭祀的队伍,迎着金光灿灿的太阳。

1989年作于谢通门,发表于《日喀则报》副刊

绿 芽

轻寒的阳光里，第一片绿芽，带着鹅黄，征服了冰雪季节的严酷，庄严地宣示着新生命的第一面旗帜。

拱出板结的土层，面临季节的黑夜，你追逐着生命的第一线黎明，领略着温煦的微风。

虽然你泛出冬季跋涉的孱弱和疲惫，虽然你不能如花般鲜艳芳香，如叶般风姿绰约，但你像分娩的婴儿，在襁褓中倔强地露出了头，充盈着不屈的精神，显示了强大而神圣的生命力。

沉甸甸的露珠，压在弱小的绿芽上，仿佛孤晶之泪。而绿芽获得的，却是胜利者的晶莹珠翠。

1985年作于咸阳西藏民族学院，发表于《西藏日报》副刊

金刚石

该经受的都经受了,大山的压力,地下的窒息,烈火的炼狱。一旦出土,重见天光,就展现出坚硬无比的个性。稍经打磨,光润无比。

每一朵花,每一瓣蕊,每一点生机,每一丝灵气,都紧紧地,浓缩在铁骨铮铮的胴体内。你身上的原子晶体,质品牢固,代表着你的价值:你赛过石墨,在钻割领域,被称为豪男霸女;你坚硬无比的钢骨,来自火的冶炼、洗礼……

也有柔情似水。似水柔情浸入你的灵魂,展现出你温顺的个性。当你被打造成奢华的装饰品,尤显富贵明丽;当你面对氧持火星低熔点,却显得分外驯服温顺,看来英雄也有软肋;当你的俗名被称为钻石,就变成了人间财富的象征……

1988年作于岗巴县,发表于《西藏日报》副刊

雪域昔影

多情的湖泊

雄性的风，拂去了高原上绿色的叶，裹着沉甸甸的冰，凝固了那座多情的湖。

季节和季节的重叠，隔离了汩汩的恋歌。在荒湖上，大自然和生活失去了思念的梦。

一个多情的季节，在凝固的湖面上，掀起了热恋的春潮，卷起靓青的浪花，冲破了千年封闭的堤围，展开了一场气吞山河的江湖之恋。

启明星，从星群中挤出，挂在蓝色的湖上，闪烁着雄性的眼睛。于是，湖水穿过隧洞跃下山岗，千米落差拨动着发电机涡轮。巨大的电能又把雅鲁藏布江雄性的血液，倒抽补充进多情的湖泊。

多情的湖泊，输出的是能源，吸收的是血液。爱情的结晶，造福了一方子民。

1990年作于羊卓雍湖提灌站，发表于《西藏日报》副刊

寺院随笔

在昏沉的历史暗夜，佛祖释迦牟尼驾着祥云从西方天际缓缓飘来，塑在寺庙的殿堂里，绘在殿墙的壁画里。一个充满诱惑的声音在贫瘠的、浸满汗与泪的土地上空回荡：

"普度众生……"

这是来自天国的呼唤。

朝佛路上，留下了一串串脚印：男的、女的、老的、少的，深的、浅的，坚实的、疲惫的……

佛像前，映闪着一张张面孔：企盼的、呆滞的，欢欣的、凄楚的，亢奋的、惊恐的……

香烟袅袅。风铃声声。经轮呜呜。

一边是金碧辉煌，一边是衣衫褴褛；一边是顶礼膜拜，一边是倨傲冷漠。

往往把辛勤劳作换来的收获，归功于神佛的恩赐；把转经锻炼强健的身体，归功于神佛的保佑。播种的是鲜花，收获的却是蒺藜。

高原般深重的苦难，孕育了高原般执着的追求；高原般执着的愚昧，滋生了高原般沉重的苦难。

1990 年作于日喀则，发表于《日喀则报》副刊

雪域昔影

校园速写

校园里有一条小路,路畔有两行小树,树上的叶子落了,光秃秃的,正值高原严酷的冬季。

蓦地,我眼前一亮,发现树枝上结着一枚绿果,又像一片绿叶,远看绿茵茵。

近了才发现,原来不是绿叶,也不是绿果,而是小树缠着一圈绿色的头绳,包扎着小树身上的一处伤痕。它紧紧地缠在小树的伤口上,害怕受伤的小树冬天受冻。

只可惜,我没有见到给小树缠头绳的小朋友。但这根绿头绳,却是校园小树上结着的一个绿色的梦……

也许,这绿色不能称作春,却吐着馨香,显示了春的灵魂!

哦,我欣喜,校园小树上的绿头绳,激起了我咏春的诗情……

1983年作于桑珠孜小学,发表于《西藏日报》副刊

酸草果

一根似绳索般的细茎从枝枝蔓蔓的草丛里悄悄地垂挂下来，轻盈地拱出细密的草层，连接着一颗颗紫红紫红的酸草果。

牧童被囚禁已久的馋念瞬间释放出来，摘一颗亮晶晶的闪动着战栗而诱人的身躯的酸草果，含在嘴里便被那酸酸的虚幻刺激得闭目吸气跺脚。

恍惚中，突然一阵暴烈的风吹来，不堪重负的酸草果的茎立即断了。

跌落在草地上的，是一声声沉重的叹息。

吃到牧童嘴里的，是一股股刻骨铭心的酸味。

1988年作于日喀则江当乡，发表于《日喀则报》副刊

藏菩提

镂雪伸展,以萧萧播绿的情愫,四海为家。居于岩石山地,常年披绿叠翠。既能忍受酷暑,亦能承受严寒。你是改造大自然的功臣。

任人评高说低,自有不甘夷平之处。菩提本无树,你其实就是圆柏。你浑身散发着芳香的气体,清热解毒,燥湿取菌;让人精神松弛,情绪稳定。你浑身蕴含着大量负离子,既有免疫机能,又能调节呼吸和中枢神经,有着空气维生素的美称。

春华秋实,一切美好你都冀求。叶子供桑、做香,树根和树身制作佛珠手串。你心里蕴藏着万千芳华,身上的亮点星罗棋布,像极了宇宙浩瀚无垠的星空。你的色泽和灵气随着时间的沉淀,独具内涵,沧桑醒世。

你承载的不仅是时间的厚重,也是生命的浸染。惊梦风,湿路雨,对于别人的冀求,你也全部承受,发誓要让世界拥有一个美好的记忆才满足。然而,当我沿着世俗的脚步寻找你的根,就会发现那些马蹄如急雨的故事,符合开头又不符合开头。

终于,那些古玩市场,摆满了真的假的,被称作用你制作的商品，却再也找不到你那尊贵高雅的气质。

1988年作于日喀则老街市场，发表于《日喀则报》副刊

藏菩提与岩羊

度 母

自然从容的神情,优美端庄。不失慈悲智慧,又显卓越多姿。

你曾发宏愿,誓言以女儿身,度化众生离苦得乐。你曾仰面问天,谁在受苦?谁在流溺生死海中?你曾誓言度化一切生灵,降伏一切魔障,帮助一切生命流转。

众生崇拜你,就像崇拜母亲。在人生的旅途中,从摇篮到天葬,你如同精神上的母亲一般,对众生精心呵护,指点迷津。

你被人们称为"救难度母",受到尊崇。你是人们传说中的女神,大大小小的寺院都尊奉你的圣像,每日修持度母仪轨,朗诵度母礼赞经。

你分为绿、白、黄、蓝、红五种身色,左手持莲花,右手结施印,有护持妇幼儿的功德。最受信众崇奉的绿度母,全身翠绿色,面容姣好,身材纤细,美貌绝伦,传说是文成公主的化身。

度母,对于你,最贴切的称谓,恐怕还是母亲!

1990年作于日喀则扎什伦布寺,发表于《日喀则报》副刊

年楚河

　　一条长流甘露之水的河,从诺金康桑雪山冰川流出,从古老而又渊源的历史中走过,孕育滋养着阡陌纵横的良田沃野。

　　大片大片金黄的油菜花一望无际,在蓝天白云和黄绿色的山峦映衬下,又呈现出高原所特有的博大和苍茫。白居寺的十万佛塔和沿山而建的围墙,在夕阳西下之时,弯弯曲曲形成美丽的光影图案。

　　有着"后藏粮仓"和"聚宝盆"之称的最好的庄园,大片大片的湿地、沼泽水草和田园村寨如诗如画。"我的家乡在日喀则,那里有条美丽的河,蓝蓝的天上白云朵朵,美丽的河水泛清波……"歌星韩红的一曲《家乡》,唱的就是年楚河谷。

　　在古代,藏就是指年楚河流域,是西藏名称的发源地。八大藏戏中的《朗莎姑娘》美丽漂亮的主角,就出生在年楚河畔的康马县南尼乡;电影《红河谷》,就是取材于年楚河谷,那座英雄的江孜宗山古堡巍然屹立!

　　那些令人骄傲又悲壮的历史扉页上,写着豪放而神圣的箴言;在那美丽富饶而又古老沧桑的沃野上,雕刻着守疆卫

士辉煌的英雄壮举。穿过历史、穿过动荡的昨天,穿过险恶,穿过悬崖、穿过峡谷,年楚河养育了这片神奇土地上的灿烂文化。

月亮隐去,风也隐去。就让我也站成河谷的一株树吧,成为一名守疆卫士。通过灵魂与灵魂的对话,通过心与心的沟通。我倾听到河谷里回荡着一种铿锵有力的声音。我的血液,也随之而迅速澎湃!

1989年作于江孜县车仁乡,发表于《日喀则报》副刊

美丽的年楚河

黑颈鹤

印象最深的是那幅站在青松之上的《松鹤图》，惟妙惟肖的松鹤被绘得神圣而高贵。这是人们对健康长寿的一种期冀，也是象征一种美好的寓意。

其实，西藏的黑颈鹤与松树相去甚远，而是涉水生活，栖息于湿地。张开双翅的黑颈鹤走路像舞蹈，全身的羽毛像大熊猫一样分为黑白两色。头顶上鲜红的冠顶，在求偶繁殖季节尤为鲜艳。其眼睛的虹膜呈亮黄色，显得格外有神，甚至让人有一种很凶的感觉。

"咕嘎！咕嘎！"黑颈鹤的叫声洪亮，而幼鹤的叫声则有些柔弱，且带颤音。它们的生活像人类一样"日出而作，日落而息"；它们的组织有着严格的纪律，生活有着明确的分工；它们传递信息用低声咕哝，相互示爱则叫声嘹亮。

清晨，在年楚河与雅鲁藏布江交汇的大片湿地上，它们开始展翅、伸腿、踱步、鸣叫，然后起飞。觅食后会聚集在沼泽草甸中理羽、饮水或睡觉。它们生活中的天敌很少，但警惕性还是很高，藏族老百姓特别珍爱它们，称它们是高原上的精灵。

听说了一个故事，情节悲壮惨烈。有一只黑颈鹤，在雷

雨闪电的风暴中，失去了伴侣。而另一只黑颈鹤，居然从高空收翅自尽，粉身碎骨。一串苦涩迷离的痛苦，在蓝天中洗礼，在湿地里翻晒。一个珍稀的信念，为美好徘徊，为爱情镀色。黑颈鹤的一生，奋翼是它的天性，对爱情忠贞是它的本能。蓝天烙下它美丽的心灵，大地收藏它殉情的身影。

终于，一个可爱的生命，凝固成了一个惊叹号！

1989年作于日喀则江当乡，发表于《西藏日报》副刊

日出掩映黑颈鹤

高原雨季

高原的夏季多雨。

高原的雨大多都是晚上下，白天艳阳高照。高原的雨不会像南方的雨那样缠绵，总是倾盆如注，还会乍雨还晴，东边日出西边雨。

山这边阳光灿烂，山那边乌云密布，重峦叠嶂，迷迷蒙蒙，好像一幅湿淋淋的水墨画。

当你感到高枕无忧时，突然会暴雨如注。三两片云，风凉飕飕地袭来，灰色的雨幕便卷来了；当你正准备躲雨时，天却放晴了。

山谷中，白云凝成一团团，天空恢复了蔚蓝。有时，还可以看见一道彩虹凌空飞架，天地间呈现出无比祥和温馨的景象。

高原雨季，剪辑出迷迷蒙蒙的藏式楼房，迷迷蒙蒙的街道绿树，摊开湿漉漉的画纸。画出雪山的雄壮，画出草原的飘逸，画出藏家的温馨，画出好看的风景……

迷迷蒙蒙的高原雨季，剪辑出诗人笔下的千古绝句，剪辑出作家笔下的清丽意境。既能看到大江东去的豪放，也能看到人比黄花瘦的俏丽。只是不知道，此时的你，是否认识

了高原雨季?

1990年作于日喀则年木乡,发表于《西藏日报》副刊

雨季来了,油菜花黄了

草原行

岩石龇出褐色的牙齿，小溪伸展着蓝色的触须，云雀在空中划一条金色的弧线，牛羊在绿色的天幕上撒一片星。花儿狡黠地眨动着彩色的眸子，小草在微风中扭动着绿色的腰肢……

六月的亚东吉如草原，风和日丽，一片祥和。突然，孟加拉海湾的台风浊浪，从亚东河谷赶来偷袭。一场六月暴风雪，一夜之间覆盖吉如草原，积雪一米多厚。牛羊困在牧场，无草可吃，饿极了互啃身上的毛，草场上倒毙了成千上万具的牛羊。就连雪山下的野毛驴，也因无草可吃暴毙了一批。

受灾牧民的眼泪融化了积雪，嚎哭声更是撼天动地。我们的救灾队，开着推土机，载着救灾物资，一天行不了十公里。推土机刚刚推开的路面，瞬间又被暴风雪填平。但是，我们的救灾队员，一个个昂起年轻的头颅，用坚定的步伐，给草原带去一缕春意。

草原，一个万千气象、变幻无穷、令人捉摸不透的世界呀！让人慨叹自己的渺小，面对大自然深感微不足道，再也不敢藐视上苍，开始怀疑人定胜天的豪言壮语。

雪域昔影

草原行,终于让我明白了一个道理:人和自然,谁也别战胜谁,和谐才是硬道理。

1988年作于亚东吉如乡,发表于《日喀则报》副刊

草原上成群结队的藏野驴

云　雀

一群群，在阳光下翻飞，在草丛中比翼，在林荫间翩跹。

它们是那样美丽，令人欣喜；它们是那样漂亮，善解人意。

它们是欢乐的精灵，永远都是在歌唱着飞翔，在飞翔着歌唱。

像一片青云掠过藏蓝的天心，掠过淡淡的紫绛色的黄昏。顿时，空中就会响彻它们婉转的歌声。

似利箭从地面一跃而起，向上，再向高处飞翔，它们明澈欢快，永不倦怠。

雄雀求偶会炫耀绝技，能悬停于空中。雌雀会以活泼悦耳的鸣声回应。受到鼓励的雄雀，接着会在高空振翅，作极壮观的俯冲飞行表演。那犀利明快的飞行动作，似银色星光的利剑。

它们和谐、炽热的激情，追逐浪漫，追逐天真，像稚气的儿童般嬉戏，又像情侣般如胶似漆，爱得坚贞，爱得幸福。

它们是爱情的灵鸟，是欢乐、光明、美丽的象征。

1988年作于白朗，发表于《西藏日报》副刊

雪域昔影

牧　神

　　折新柳一枝，蘸初绿江水，放牧云朵。

　　把一片蓝天，放牧成云朵一样的羊群，在草原上漂移。

　　又把一群草原上的牛羊，放牧成蓝天一样的云朵，在蓝天上游荡。

　　他有广阔的草原，有浩瀚的星空，他纵横驰骋在地老天荒的高原上空，放牧着灵兽和瑞兽。

　　他有牧羊领袖的风度，有牧羊人民的政治理想。他认为：牧天在土，牧地在民，牧民在心，牧心在仁。

　　从现在开始，他放牧天庭，放牧春天，放牧理想，放牧爱情……

1989年作于萨嘎，发表于《日喀则报》副刊

赛马会

马蹄，在大地的胸脯上猛烈敲击。

马鞭，把朵朵彩云高高举起。

藏袍，挽着春风的肩膀跳舞。

马铃，在空中划出道道银弧。

嗒嗒嗒嗒！追进了滩，跑出了谷……

空中，山鹰为骑手鼓掌。

草里，阳雀为骑手跳舞。

草蔓急急地抬起头来，迎几粒滚热的汗珠，滋润焦渴的喉咙。

骑手，追呀追！追呀追……

观众，吼呀吼！吼呀吼……

1983 年作于江孜，发表于《西藏日报》副刊

那座黑石城

黑石铺就的小巷,黑石砌成的围墙,黑石垒起的古塔,还有黑石建筑的石屋、石柱、石门、石窗……

这是一座沉甸甸的黑石城。来到这里,脚步变得沉重,思绪变得缤纷。是残留的古战场遗址,还是破败的宗教废墟?

贡嘎雪山夕照明丽,雅拉雪山晨光熹微。夹在两座雪山之间的黑石城,像风化了的历史,像幽灵的故乡。黑石堆叠的山丘,伴着高大的玛尼堆。远望,一堆废弃的城池遗址。

只有不甘寂寞的小草,从石缝挣扎出星星新绿,还有叫不上名字的小花,开在黑石堆里,分外醒目。有朝佛的信众围着黑石城转经,还有那些磕长头的老人,三步一匍匐,神情十分虔诚。

只见三五游客,正兴致勃勃地拍照留影。还有一名外国的金发女郎,举起照相机,把黑石城的所有风景,包括那些留影的游客,一起摄入她异域的眼睛。

1990年作于拉萨,发表于《西藏日报》副刊

第二辑

唐蕃古道

这是一条自然美景与人文景观并存的古道,这是一条文成公主含泪走过的古道,这是一条穿越千年历史联结着民族感情的古道。

古道上,镌刻着追求者心中的虹,矗立着开拓者的无字碑,回荡着跋涉者的足音。

长安—拉萨!三千公里!这就是唐蕃古道!

一条路,就像一卷打开的长诗,让深邃的意象扑面而来;就像一条情意缠绵的纽带,让丝绸之路的辉煌继往开来。

一路上,有气势磅礴的大景,雪岭横空,峡谷深邃,长河落日,湖泊如星……绝美的风光大开大合。

放眼古道,一千多年的风雨沧桑,一千多年的缄默忽略。古道曾经的繁荣已隐入雪山之外的雪山,鼓角和马匹的嘶鸣已沉寂在荒野之外的荒野……

如今,高原古道早已变成柏油大道,它的骨骼上飞架着希望的天桥。一条天路,唤醒了沉睡千年的古老。尽管还有数不清的悬崖、深谷、湍流……但是,天堑变通途,古道换新貌,苏醒的雪山草原迎着喷薄的旭日,在玫瑰色的天幕上,宛如一尊尊移动的雕塑,书写着文明和繁荣。

雪域昔影

　　苍山静默，江河细语。那条文成公主曾经走过的路，从远古到今天，在不断延伸、延伸……把民族团结的纽带拉得更紧、更紧……使民族交融的情感贴得更近、更近……

1990年作于青藏线，发表于《西藏日报》副刊

早年的驼队，当年的车队，如今已是火车飞驰！

哈 达

当我躬身双手接过你，一只洁白的鸽子从你的心中飞出来，衔着一片春天的柳絮，种在我心灵中那片绿色的土壤里。

当我把你挂在家中玻璃镜框上的时候，那被雪封了的画面，变成一个个美丽的童话世界。我变成了一匹骏马，在草原上勇敢地纵横驰骋。我变成了一只雄鹰，在蓝天白云间快乐地翱翔。我变成了一个牧民，一个慓悍勇猛的藏家男子汉……

当我翻开你的每一页皱褶时，发现皱褶里藏着我的每一声笑语。仿佛像思念，召唤着思念；仿佛像感动，感动着笑容。那每次相逢的行程，传递着相互间的温暖，你都铭记着那时我心中的温度。

当我每次回忆往事的时候，大脑就穿梭在这片晴朗的天空，觉得你和我并不遥远。仿佛像心愿，追逐着心愿；仿佛像欢乐，牵手着欢乐。那相互间纯净的目光，那相互间熟悉的面庞，历历在目，清晰地映入眼帘。

当我不再年轻，岁月已成为记忆的时候，你仿佛一曲《敬酒歌》，用歌声把爱紧紧地拥抱，让未来超越梦想。你就像一

条银色的河,流淌着民族间源远流长的情谊,那么纯净清洌,醇厚甘美。

哈达,仙女的飘带,你永远吉祥如意!

1988年作于拉孜,发表于《西藏日报》副刊

敬献哈达

第二辑

断 层

也许,在历史的断层下,是不为人知的真相。我总是愚蠢地竭尽全力去探求那些被人遗落的故事。

比如,夏天的夜雨,无情地冲刷着山川河流和人类的构思,从一片绚丽的梦中,记忆着一次地质嬗变的往事。

断层,是大自然珍藏给人类的记忆。历史上存在的许多断层,我们常常找不到记载。断层形成之前,到底发生了什么,成了一个谜。

断层是封闭的。这个地质要素中最简单的概念,也就是构成断层的破裂面。它封闭的心里深藏着什么?浮凸的肌理证明着什么?在命运设定好的道路上,它又会如何行走拐弯?

多少年,我总想探索断层形成的原因。比如断层对探矿、地下水、油气以及水利工程到底有什么意义。我总觉得,断层是一堵厚厚的墙,阻断了世俗的河流,深陷于黑暗的情愫,看万事万物,皆为虚空,皆无意义。

断层,是高原岁月的隐秘。

1989年作于定日,发表于《西藏日报》副刊

经　幡

　　不知从什么时候起,你就舞动在河流边、山脚下、村庄里……召唤着风,召唤着遥远,召唤着吉祥,召唤着甜蜜而苦涩的希望。

　　面向永恒的蓝天,指挥着云彩变幻,像一面面神圣的旗帜,指引着雪域高原的信念。

　　你是一种象征,是世界屋脊独特的人文景观,象征着一个民族特有的精神风貌。你如天花落雨,无处不有,无处不见。你或横或竖,因势插挂,随风飞扬,猎猎飘舞,发出噼噼啪啪的声响。

　　你每随风飘动一次,代表信众诵经一次。印在幡上的经文,成为连接神与人的纽带。你之所在,意味着神之所在,意味着人对神的祈求所在,寄托着人们美好的愿望。

　　一串串,一丛丛,一片片,你的身影,在蓝天白云下,构成了一种连地接天的境界。哪里有你,哪里就有善良与吉祥,哪里就见证着一片寂静的虔诚,弥漫着一种信仰的清香。

　　山雀栖在上面,扇动着翅膀,把你的信念捎上蓝天。山风卷起了高亢的旋律,传递着你对吉祥的祈盼。

　　　　　　　　　1986年作于日喀则,发表于《西藏日报》副刊

野花，草原上的诗

开在山野，开在路边，嵌在石缝，挂在山崖……

草原上的花，默默地吐着淡淡的芬芳，轻轻地著着嫣红、鹅黄、淡蓝、洁白、青紫……

热烈有如牧民火热的胸膛。

纯朴有如牧民深厚的内涵。

晶莹有如牧民诚挚的心灵。

绚丽有如牧民丰富的情感。

…………

迎着风雨，野花遍地盛开，像一簇簇跳动的火焰。一朵花就是一句诗，草原上带韵的诗。

每一朵花儿都是一颗赤诚的心啊，把草原装扮得生机勃勃，春意盎然。

1983年作于拉萨羊八井，发表于《西藏日报》副刊

古　堡

　　似乎跨越了几个世纪，鸟翅重新折飞回来，面对残败的遗恨，抽不尽那一团乱纷纷的思绪。

　　不知道你是遗失了什么，作为历史的一个符号，你最原始的用途并非为了享受，而是防御工事。因此，依山崖或河边要塞而筑。如今，历史的影子已无处可寻，古堡已沦为废墟。当人们眺望废墟时，只能细数岁月的痕迹。

　　宝蓝色无云的天，倚身在金色古堡废墟之中。一缕血色残阳，洒在残墟的蜘蛛网上，透过光线依旧神圣而庄严。此刻，我仿佛看到无数眼睛，飘浮在半空中。蜘蛛网像一个个黑洞，种种疑问畏缩在莫名的恐惧里，隐约看到残破灵魂的影子。

　　一头干瘦干瘦的放生牦牛，像虔诚的守望者，一眼不贬地望着古堡，望着蓝天。它瘦弱的身躯无力撑起沉重的希望。白天的古堡沉默无言，神秘而肃穆。夜晚的古堡旧梦缠绵，在星月风语中诉说着往事，诉说着兴衰的历史。

　　孤独的放生牦牛守望着孤独的古堡，守望着孤独的信仰大门，守望着尘封的孤独岁月。也许它是因为好奇，也许它是因为失忆，反正它忘记了下山的路，成为古堡残墟的主人。

　　1988年作于康马，发表于《西藏日报》副刊

高原魂

以洞为屋,以果为食,将生命的隐秘刻在猕猴变人的神话里。

《西藏王统记》记载了藏族先民的来历:

在山洞修行的猕猴是观音菩萨的弟子,印度神话中的罗刹女喜欢上了猕猴,向它求爱,遭到猕猴拒绝。

罗刹女威胁说如不娶她,她就自杀,转世成为恶魔,将日杀万有情,夜食千生灵,藏地会变成魔鬼世界。

猕猴听后很为难,答应会破坏自己修行,不答应会造下罪孽。遂向观音菩萨求主意。两害相权取其轻,观音同意他与罗刹女结婚。

他们生了六个孩子,以后不断繁衍,以采集野果为生。为解决食物,开始种植粮食。吃了粮食,尾巴变短,并能说话,遂产生了藏族先祖。

猕猴变人的原始神话,在太阳升起的早晨,已变得白发苍苍。于是先祖们的灵魂像风,像蒲公英般在雪域高原播种。

凝结着猕猴变人的浓厚情结,神话里带着宗教的神秘。一种沉重的声音,从灵魂的深谷响起。我知道,高原魂就隐藏在藏家祖祖辈辈流传下来的延绵不断的神话里。

灵魂之门为这个美丽的神话打开。从喜马拉雅走出来的伟岸而智慧的先民，将会在古老神话的相逢里再次复活，去寻找生命的春光。

1986年作于西藏民族学院，发表于《西藏日报》副刊

高原猕猴

骚　动

当落日的脖子，被大山的双手扼住，高原便慢慢闭上了眼睛。

黑夜在暮霭的攒掇下，恣肆地掠夺着一切，把山野辟为它的领地，让连绵迤逦的群山，也充当恭顺的奴仆。

狂风也甘当帮凶，用恐惧的咆哮，增加它的威势，把倦怠的一切，都网罗在自己的袍襟下，波动着一种不安定的情绪。

受这种情绪的感染，骚动的高原回归最初的质朴和本真，追随逆流而上的信仰，栖息在缠绵的彼岸，与俗世遥遥相望。

荆棘的漩涡点燃堆堆篝火，卷起信念的旋风。骚动的心海沿着夜鹰的呼唤，走进波峰浪谷的畅想，寻找心目中的净土。

撩起裸露的雄性，与大山把盏对话。一口喝下高原的黎明，沸腾的血液燃起早霞，就像不羁的风邂逅缠绵的雨，还给明天个大吃一惊。

1989 年作于萨嘎，发表于《西藏日报》副刊

探 矿

  岁月之魂,将炽热喷洒的岩浆,雕成坚硬的石海,雕成沉默的大山。以千万年苦苦的孕育,等待幸福的分娩……

  世纪风在高原博大的躯体上刻满嶙峋,古老的故事,终于生长在你肌肉隆起的胸怀里……

  耸动的山峦,溪泉挽一缕骄傲的锤音。鲜嫩的晨风,舔着你健壮的体魄。静静的山野,震荡着古老的精灵。

  你用脚步丈量大地,用心感受自然。不管是大漠戈壁,还是雪山冰川,或是草原边陲,处处都留下了你闪光的足迹。

  雄伟的山峦终于以它野性的激情,给探矿人两颊染上了高原红,唤醒了探矿人的梦幻,塑造了探矿人的灵魂……

1988年作于帕里,发表于《日喀则报》副刊

古　海

　　是海边，也是天边；是天堂，也是人间；是凡心，也是人心。你是慈母，让苦涩洒脱地挥手，告诉未来，保持着一颗永不泯灭的海心。

　　你的外表虽已干枯，但你的心里，永远装着一个海的梦。山海，雾海，云海，蓝海，绿海……海的精灵，在你心中长存。

　　曾经，你的胸怀里，有风的弹奏，浪的舞蹈；有天的蔚蓝，涛的喧哗；有礁的矗立，船的航行……如今，你的胸怀里，有雪山冰川，江河湖泊；有崇山峻岭，草原森林；有驼铃的催眠，探险者的问候……不管是现在，还是曾经，你浩瀚壮阔而美丽富饶的容颜，保持着一如既往的禀性。

　　你甘甜的乳汁，哺育了多少勤劳勇敢的儿女；你晶莹洁白的浪花，陶冶过多少舵手的性格；在万顷碧波的深处，蕴藏着你反复无常的激情。当然，也蕴藏着无数瑰丽的珍珠。

　　呵，古海，你是财富的宝库，是无私的训导者；你有永不凋谢的生命，有许许多多威严的回忆，沉浸在寒冷的睡梦中；你珍藏着人类探索不尽的秘密，深远而阴沉……

　　　　　　1989年作于桑桑草原，发表于《西藏日报》副刊

牧　鞭

　　像从远古探伸而来的一个破折号，为整个民族做真实的注释；像飘拂在春风里的一根柳条，一鞭将冬天赶到春天。

　　赶着太阳升落，赶着月亮圆缺，赶着星辰隐没，赶着泪汗凝聚，赶着希望兑现……

　　风雨中有从不摔跤的期冀，雷电中有从不断折的意志，横空凌驾着强悍的逻辑。

　　一鞭子甩出去，就抽回来千山万壑的回音。彻骨的鞭影，扛起了跃马奋蹄的来季，唤醒了远拓诗疆的日子。

　　牧鞭在空中"叭叭"炸响，飞腾的灵魂谁也不能阻止。牧鞭就是我们自己。

　　　　　　　　1988年作于桑桑草原，发表于《日喀则报》副刊

达玛花

一簇簇，一片片，把从阳光里吮吸的温暖，统统地挂上枝头。当艳娟的花朵向人们投下一丝快乐的微笑，枝条就像穿着彩裙的仙女，随风翩翩起舞。

把从高原吮吸的精华，凝成瑰丽的思念，呼唤含情脉脉的风。一曲藏族民歌《心上人像达玛花》，红遍大江南北，传情至善至美。其实，达玛花只是你的藏名，内地民间叫你映山红，你标准的大名叫杜鹃花！

你娇媚的姿容，优雅地点缀了艳丽的生活，温暖了一座座高山，一道道峡谷。那种纯净、温婉、柔和、淡雅的韵味，高雅笃定，雍容大度，自信坚强，媚俗不染。

你真诚、奉献、无私，高尚的灵魂让一切渺小无地自容。由于有前人对你的高度赞美，我就是绞尽脑汁，写出的诗句也显得苍白。

唐代诗人白居易对你的赞美，可以说是空前绝后："闲折两枝持在手，细看不似人间有。花中此物是西施，芙蓉芍药皆嫫母。""回看桃李都无色，映得芙蓉不是花。"

找不到能超越古人赞美你的诗句，只觉得你纯洁的花朵像一缕阳光，让我静静地、默默地分享。

1988 年作于亚东，发表于《日喀则报》副刊

锅庄舞

青稞酒,散发着浓浓的情感;酥油茶,飘溢着醇醇的厚意。篝火煮浓了山野的苍茫,歌声泡酥了爽心的锅庄。

迷人的锅庄舞,有歌有舞,既重舞姿,更重情绪。对唱领唱、一问一答唱,跌宕起伏,婉转悠扬。悠颤跨腿、趋步辗转,手臂摇甩晃,舞姿矫健,动作挺拔。

锅庄也叫歌庄。这种原始时期图腾信仰,巫舞祭祀流传下来的集体圆圈舞,人数可多可少,圆圈可大可小。目的就是把舞者的祈求、祝愿传给神灵,得到感召庇护,达到人神之间的沟通。

轻步曼舞像燕子伏巢,疾飞高翔像鹊鸟夜惊。正如藏族谚语:"会说话了就会唱歌,会走路了就会跳舞。"锅庄舞寄托了藏族对自然的赞美和感恩。

蓝天白云下,神山圣湖旁,天堂之下,信仰之上,西藏没有人不爱跳舞,没有人不会跳锅庄。男性如雄鹰盘旋飞翔,女性如凤凰摇翅振翼。一场美丽的锅庄约会开始了——

起步站在原地,缓慢地交替迈步,节奏舒缓,步伐轻盈。接着四肢不断伸展,继而奔放粗犷。这是自然赋予的一种美丽,抓起一把飞舞的音符,拾起一串散落的雪花,让简约的

舞姿与自然交汇。

哦,锅庄舞,像古老的史诗,像春天的童话,像太阳一般令人沉醉。沉醉的心,在歌声舞步中,滚热发烫。

1990年作于昂仁,发表于《西藏日报》副刊

锅庄舞

雪域昔影

雅砻河谷

你雄壮伟岸的气势,你神秘奇异的内涵,汇聚了众多的自然景观和人文景观。

粗线条的风,织着你浑厚的风景线;多雷霆的时光,隆动着你威武的英姿!你处在念青唐古拉山南麓,喜马拉雅山北侧,雅鲁藏布江中段。

横贯高原的雅鲁藏布江,漫长的行程中性格各异。或温柔或奔放,或咆哮或吟唱,或蜿蜒或笔直,或翠绿或碧蓝……

到了雅砻河谷,与穿越雪山峻岭时的逼人气势不同,江流变得无比安静和宽容,呈现出异常美丽的碧绿色,坦荡的河谷好像油彩画。

这是一片生机勃勃的土地,这是一片激情四溢的土地,这是一片风光旖旎的土地。

西藏猕猴变人的神话,西藏第一座宫殿、第一块农田、第一座寺庙、第一部经书、第一个庄园、第一个藏戏村、第一个藏王墓……无数个西藏第一都诞生在这里。

这里是西藏文明的摇篮!这里是西藏文化的发祥地!行走在雅砻河谷,每一寸土地上都流传着可以写入史册的悠久传奇!

1988年作于泽当,发表于《西藏日报》副刊

神湖，雍泽绿措！

说不清是你显的影，还是我做的梦，当二者出现巧合的时候，没有人怀疑你的灵异，没有人不相信你能显示今生来世的祸福。

高原的神湖和圣湖密如天上的繁星，神湖贵在神，圣湖贵在圣。传说你是扎什伦布寺护法神的居住之地，历世班禅以及后藏各大寺庙的活佛转世，都必到你这里祈祷，观看显影。

挨着天的山顶凹下去一个深坑，四周看上去既荒凉又神秘，既高远又美丽。因为你的存在，在如此人迹罕至的地方，也能发现美。其实是人们的心里，在向往美和追求自然美！

连峰去天不盈尺！这里是仁布县德吉林乡，海拔五千四百米。经幡在山顶大风中猎猎作响，湖呈斗状。站在不同的角度，能看到湖面的颜色不同，随着斜射光线的变幻，湖面上映显的画影也千奇百异。

神佛本来就是精神依托，在远离人群的自然中，是人的心里产生的幻境。面对清冽的湖水，敬上洁白的哈达，双手合十，观想前世来生。有趣的是，此时此刻，求神的欲望反被崇拜自然的情绪所替代，其实这也是人类心灵的再次回归。

湖畔有位朝拜的比丘尼，虔诚地磕着长头。三五个朝拜神湖的信徒，坐在湖边，悠闲地喝茶吃油果子。远处通天梯的路上，还有十多个隐隐约约的黑点，在慢慢移动……有一阵风拂过脸颊，才发现湖底的显影，竟是景随情至，境由心生。你心里想要什么情景，显影就是什么场面。你曾有过什么经历，显影就是什么画面……

湖水有点甜，有点凉。掬一捧湖水，浇一浇额头，脑子突然清醒了许多。一个令人百思不得其解的问题，突然从脑子里冒了出来。那就是：神湖无天然活水源头补给，为什么会上千年来不干不涸、不满不溢？

哦，雍泽绿措！你就像深藏的一块翡翠，清澈的水面跟岸边的荒凉格格不入，却又浑然天成，真可谓灵灵相交，两两相对。远看，湖边寸草不生，近看，才发现一些奇异的匍匐在地的小草花，真美！

　　　　　　1989年作于仁布，发表于《日喀则报》副刊

第二辑

云 海

在茫茫的白海洋里，一万座山浮起，一万座山潜没，像一万条巨鲸，闯到海拔四千米的高原上空。

鳍在波下划动，一会儿前，一会儿后。山鹰远逝的黑点，放大了搏击者的形象。天一会儿高，一会儿低，一朵朵骑着蓝天的白云，慢悠悠地舔着山脉。

山是水墨画，人是画中景，云是飘浮的水。云海如诗，有时候大气磅礴，摄人心魄；有时候缠绵细腻，或游走山头，或挂在树梢。

高山之巅，云和天仿佛没有边界，俯身看去，大地是一片流动的云海，仿佛裹挟着远方的峰峦飞升起来，缥缈之中不失山色之美感。

星空、大海、沙漠、草原……但凡浩瀚的东西，都是神秘而又浪漫的。每当我踏进云海，走进它温柔的怀抱里，面对那广袤的未知，总让我有种感动得落泪的冲动。

特别是高原秋季，微霜之时，晴好之日，清晨那流云飞瀑美到窒息。天边的云海被早霞染得绚丽缤纷，晨雾散布着一层薄薄的气浪，空气中弥漫着亿万颗湿润的微粒……唯有天角的旭日，像圆圆的火球，挂在一片白色的云帆上。远方

89

有一只鹰的投影,像睡熟在叶子上的蝉。

1990年作于念青唐古拉山脉,发表于《西藏日报》副刊

草原云海映湖水

格桑花酥油茶馆

几根黄亮的竹竿,搭起一顶黑牛毛帐篷。一只羊皮风囊,一个酥油筒,几坨牛粪薪,一个钢精锅,便是这个茶馆的全部家当。

酥油筒里冒着热气,散出诱人的香味,铺在帐篷里的一张四方茶布,四个木碗像这块布上开出的四朵格桑花。

如果你路过这里,脚步会不由自主地放慢,茶馆的主人,也一定会欣然盛上一碗香喷喷的酥油茶,还会为你唱一首优美的茶歌。

主人是一位朴实的藏乡姑娘,姑娘的围裙上,绣着一朵鲜艳的格桑花,似乎风一吹,那上边的花朵就会霎然飘动。久而久之,尽管这茶馆没有挂招牌,格桑花酥油茶馆的名字却不翼而飞,不胫而走。

格桑花,从不嫌山贫地瘠,落在哪儿,都能生根开花。春风里,她带着甜美的微笑,扎根在边镇的公路旁……

1987年作于拉孜,发表于《西藏日报》副刊

神秘的洞穴

冥冥之中诞生的隐隐作响的阵痛,呼啸而来,便养育了这么多远离喧嚣而隐秘的洞穴。

洞穴里此起彼伏着阴晦潮湿的风景,洞外有太阳急促地叩门,仿佛从远古的洪荒中袅袅而来。洞穴里盛开着无数朵永恒的面孔,拥抱着黑色的玫瑰,裸露着身子,在岩壁上固执地飘摇。

眼前是镶嵌于悬崖峭壁上的扎耶巴寺,大大小小的岩洞天然形成。这里的法王洞是松赞干布的静修处,缘起洞是阿底峡的传法之地,月亮洞是莲花生的密修之地……

吉隆的查嘎达索修行洞,据说米拉日巴在此闭关,静修三年。山南的桑耶青朴修行洞,昌都孜珠寺的修行洞……都曾是高僧大德的修行场所。

英国纪录片《地球脉动》如此宣称:洞穴是地球上最后的疆界,只有最具冒险精神的人,才敢进入地底世界。然而,西藏的洞穴却承载着信仰。那些高僧大德洞中修行,闭关饱受清苦,为的是彻悟人生。

漫步在一个个洞穴,凝视着一座座佛像,犹如是在进行一场穿越时空的对话。修身修心,修行修性,洞穴是一个安放灵魂的好去处,是一个纯净而有灵气的好地方。山巅再高终究有路,清心歇念便是天堂。只有做到身体的安静,才能到达内心的清凉。

  洞穴里见不到太阳,却连接着修行者生命的蓝天。历史不情愿地睁开瞳孔,依然看到洞穴里佛光闪闪。

1990年作于拉萨,发表于《西藏日报》副刊

敬阳神

第三辑

雪域昔影

作者在日喀则旧宗山

秋天，藏蓝色的牧场

秋风，摇曳着你脱尽了每一片春的绿帆。将脚下绿色的海，镀上藏蓝色的尊严。

藏蓝色的牧场，像一张硕大的地毯，走在上面，有一种浓得化不开的情绪，有一种厚得有点酥的滋味。

天染上金色的边线，慢慢变得幽深而神秘。草儿开始大量地变色，在夕阳的映照下，如同披上了藏蓝色的秋衣。

受风景的昭示，我想躺在你脚下藏蓝色的海面，去领悟那秋空的高洁，落叶的美感。

你却急急摇头说："我虽然披上了藏蓝色的秋装，但我的内心却早已启航，向着春天的彼岸，去追求新生。"

我感到担心，担心自己被留在藏蓝色的牧场。你又说："秋是第二个春，每一片叶子都是一朵鲜花。春华秋实，那是大自然给人们的馈赠。"

为了追求大自然奉送的美丽，我仰天躺在铺着柔软细草的草地上，心里也在孕育着一个秋天的梦想。于是，藏蓝色的追求和希望便悄悄发芽了。

哦，圣洁的藏蓝色的牧场，在秋阳里，已升起远归密集的桅杆。

1987 年作于仲巴，发表于《西藏日报》副刊

嬗变的牧民

也许是盼海盼得太急,误将这连绵的山峰,看作浩瀚的海洋;也许是赶海赶得太急,疲惫的双臂,无力划动沉重的双桨。

从此,你再也没有划出这凝固的波涛,缆绳散成了一条条小径,拴住了你豪放的性格,铁锚将你流浪的脚跟,钉在了世界屋脊。

于是,你落下白帆,撑起黑牛毛帐篷。从此不再呼唤海风,只召唤天上的太阳。拿起牧鞭就像拿起鱼刀那样顺手,开始一片片切割高原的荒凉。

你离开大海已经很久了,仍不改海上的生活习惯,将草原撒成渔网,打捞肥壮的牛羊;将河川修成渔船,捕捉青稞的金黄。

你粗大的脚板,太像破浪的渔舟,踩着山峰仍像踩着海浪。头顶的白帆,太容易飘起海的梦幻。在心中播种,仍像在大海撒网,血管里澎湃着大海的潮汐⋯⋯

你曾被大海遗弃,却永远不背叛大海,在世界屋脊雕刻大海的形象;你曾被命运捉弄,却从不叹息命运,在荒凉的雪域塑造美丽的春光。

山鹰,嫉妒你有海一样坦荡的胸怀;松柏,垂慕你有大山一样不倒的坚强。

我终于明白了,你额头上的皱纹,为什么像沟壑又像海浪!那细密的纹峰,为什么像犁沟又像渔网!

1989年作于谢通门,发表于《日喀则报》副刊

高山牧场

春,在高原萌动

春,带着残雪、余寒,枯草、败叶,越过光秃秃的草原,跃过蛮荒的雪山,喝退千里坚冰,在高原萌动了!

春,大声地呐喊着,拼命地奔跑着,唤来了温暖的太阳,带来了和煦的东风……

构思了一个冬天的花苞,萌动浪漫的色彩,写下了一行行组诗。

蕴藏了一个冬天的山溪,以满腔热情,弹奏了一曲曲交响乐。

酝酿了一个冬天的小草,齐齐挥动手臂,通过了铿锵的宣言。

离去了一个冬天的大雁,纷纷鼓起翅翼,带回了长长的思念。

等待了一个冬天的万物,都发出甜甜的笑声——

麦田在甜笑着,迎接着春灌的甘露滋润心田;

草原在甜笑着,侧耳倾听牧人甩向空中的"叭叭"响鞭;

山林在甜笑着,撑开一张张小伞,诱惑着采蘑菇的顽童;

……

甜甜的笑声震落甜甜的雨丝,催开甜甜的花卉,结出甜

第 三 辑

甜的果实，萌生出甜甜的向往……

1987年作于日喀则年楚河谷，发表于《西藏日报》副刊

春播时节

雪域昔影

高原的崛起

亿万年前，西藏高原是一片汹涌的海域，海水载着海兽出没于波峰浪谷之间。

有一颗小行星失去平衡，撞在地球上。巨大的撞击力，激起滔天海浪。岩浆猛然苏醒，奔突着、翻滚着，形成一波波伟岸的浪墙传向远方，愤怒地显示了自己的潜能和力量。只是这海浪已不是海水，而是一道道如沧海般的山脉。

多么雄伟的崛起！山，挟裹着地火与风雷，在挤压中崛起，在痛苦中上升。巨大的冲击，顽强的抗争，举起了礁石，造就了重重叠叠的形体，记录了一次扭曲的历史。

多么神奇的造化！惊天撞击，浪遏群山，俯冲地壳之下的刚性地幔发生折离。从高空俯瞰，西藏的山脉犹如动荡不安的海面，波浪起伏。国际科考研究证明，喜马拉雅山内部竟然是空的，足足可以塞下一个江苏省加台湾省。

如今，高原裹着淡紫色的雾霭，矗立在世界屋脊，有人赞美它的险峻，有人感叹它的神奇。然而，高原却举起沉思的头颅，回忆那次厄运留下的擦痕，回忆那次孕育中的剧痛。

蓦然，我领悟到，它的突变，它的扭曲，不仅记载了一次地质史的变迁,而且标志着一个民族的崛起。我仿佛听到高原拔节生长的声音,雪山是枝干,草原是绿叶,河流是叶脉。不是吗?现代科学证明,崛起的高原如今还在崛起!

1986年作于岗底斯山脉,发表于《西藏日报》副刊

喜马拉雅风景

雪域昔影

那座希夏邦玛雪峰

只有你能踏进天庭,去抚摸星辰。只有你经历高原风沙的洗礼,仍能一尘不染,一身素洁、晶莹。

你有着朴素的外表,还有着透亮的心灵,更有那风采照世的神韵。寂静的荒野里,牦牛啃着刚发芽的青草,天际间掩映着一簇比白云还白的雪峰。

雪线之上,终年不消不融,以为一片死寂。其实却存在着最顽强的生命。一株株雪莲,怒放着肥硕的花朵,把春携上山顶;一只只雪鸡,迎着雪山奔跑,啼唤旷古的苏醒;更有那一只只雪豹,迈着矫健轻捷的舞步,在中午的暖阳下撒欢。

雪线之下,是绿色的草原,开着数不清的花朵。一群群牛羊,像撒在草原上的星星。那一顶顶黑牛毛帐篷,像一个个兵营,草场像是经久的战场,牧鞭俘虏了一片片白云。

大自然的造化总是那么神奇,蓝天白云下的你,孕育了一座又窄又长的佩库措湖,她安静祥和得像一颗晶莹剔透的蓝宝石。最惊奇的是,湖水的北半部是咸水,呈蔚蓝色。南半部是淡水,呈乳绿色。灵性的野生动物,集中在南半部饮用水。

佩库措湖非常安静,就像安放的一面镜子,映照着你雄伟的倒影。你像一位情郎,怀抱着可爱的佩库措湖。一山一水,一对恋人,永不分离地坚守着彼此的约定。这正是千百年来,人类对于爱情的最美好的祝愿和向往。

你像威严的父亲,总板着冷峻的面孔;慈母般的佩库措湖,向儿女送去千般柔情。你们的灵魂,给荒古滋补了甘乳,养育了万千生灵。

1990年作于聂拉木,发表于《西藏日报》副刊

希夏邦玛峰

吉隆，边城小镇

莫非你明朗的梦，跌落在弥漫的浓雾里。阳光无力给你热烈的情绪，永久保持原始的贞洁。

远古，那位头戴莲冠的高僧莲花生，途宿吉隆沟，见溪谷中河水白如乳练，溪庭卵石光润如玉，遂给你命名"吉隆"，意为"舒适村"或"欢乐村"。

你静卧的姿态多么含蓄，遮面如一位含蓄的少女，起伏的曲线上，渴望的一片皓白，被深情地向蓝天举起。绿意盎然的林木生机勃勃，无边无际，大大小小的溪流飞瀑点缀山间，雪山躲在白雾中若隐若现。

巨大的海拔落差，造就了你"一山呈四季，十里不同天"的奇景。吉隆藏布河那封冻的相思，刚从原生态的大峡谷的心里流出，便潺潺缓缓地追赶着情人远去的讯息，爱的时间就这么短暂，却被授予"喜马拉雅后花园"的美誉。

矗立在拉萨大昭寺门前的汉藏文石刻《唐蕃会盟碑》，一直被视为藏汉交谊的最早证据。然而，吉隆沟发现的一处摩崖石刻《大唐天竺使出铭》，把历史向前推进了一百六十岁。

或许在内地，七月的傍晚，假山和盆景流行于街市，花花绿绿的蘑菇下，人们在高温里喘息。而你的傍晚，属于山涧流水、古木留影的清凉舒适，属于神鸦在空中毫不顾忌地噪叫，属于牧鞭上抖落的旋律和起落于峡谷吊桥上的流云。

1990年作于吉隆，发表于《西藏日报》副刊

吉隆强真寺

神女梦

神女,常常在深夜里,被多梦的年龄哭醒。失眠的痛苦,不时地在你绚丽的青春期,疯狂地呼唤着一个雄性的名字。

在梦中,他真诚地告诉你:远方有一座属于你们的黑牛毛帐篷。尽管,冬雪灌满了脚印和记忆中的空白。但是,窗棂上闪烁的灯光,多情地划出一条通往纯洁心灵的路。就这样照着灯光走下去,希望就不会在风雪中摇晃,熄灭。

在梦中,他看着你的笑脸,如此温柔。看着你闪动着水汪汪的大眼睛,里面深藏着的,都是满满的期待。你给了他一个背影,他不敢让你转身,怕惊动了你那份神秘的羞涩!

在梦中,你们各自展开了幻想的翅膀:你幻想他身材的伟岸,他幻想你眉眼的温柔;你幻想他是春日里暖暖的微风,他幻想你是洒在人间的月光;他幻想你是他心中最美的格桑花,你幻想如果拥有了他,便拥有了这个世界……

梦醒了,你羞涩地笑了,而他却不见了。你尽量回忆梦中他的形象,但模模糊糊没有看清。你不能确定这梦的真假,像悬挂在心头上的谜。

月亮抽出一丝丝柔绵的银线，缠在太阳的纺车上。岁月的梭，不停地织，织起一张很大很大的白帆。你重新升起思念的双桅船，去迎接风雨的洗礼和洗礼中那缕晨曦。

1990年作于定日，发表于《日喀则报》副刊

冰峰雪水

藏边秋景

柠檬色的晨雾，裹蛋黄似的秋阳，霜野浅黄，青稞金黄，树叶淡黄，藏家的院落，公鸡的啼声飞火黄。歪歪斜斜的藏家栅栏，也被黄浸染……

黄色释放的讯息，唤起了人们回忆春天初始的那鹅黄的记忆。当日历的脚步变得沉重，季节已经成熟，生与死是一个颜色。

在一朵迎风绽放的黄菊花中，立着一个浅浅的秋。风轻云淡的日子，闲散的野菊花，如同天空的一抹云。一只蝴蝶轻轻拂过，两翅翩翩起舞，悠然宛如一曲古典的《天鹅湖》。

殉情的青稞，掏出成熟的心，弯下沉甸甸的头，锋芒已干缩。果树的枝叶，虽憔悴，但坚韧，拍着欢快的小手。肥硕的果实，绽开笑脸，依着遥远的山岗。

牛车咿呀，车轴在雾中滚动。牛车的两个轮子，像一对木雕的太阳，既古老又时尚。牛车上装满土地的馈赠，承载着藏家人最原始的希望。

藏边人家，写一首秋诗，从不带韵脚；寄一份秋思，藏一缕情丝。春种一粒粟，秋收万颗籽。收获了果实，也收获了理想。

1988年作于定日，发表于《西藏日报》副刊

第 三 辑

采 山

 波曲河像个欢乐的孩子,牵着樟木山青葱的衣角,一路上欢腾雀跃地穿过喜马拉雅山南麓的千沟万壑。尼泊尔的礼宾山,也高兴地伸出手来,与樟木山的手紧紧相握。

 露珠在芭蕉叶上闪亮,太阳鸟在白蜡树上啁啾。温和的亚热带丛林气候,让樟木山和礼宾山都特别富有,每到秋季,满山遍野蕴藏着许许多多奇异的山珍特产。

 一大早,夏尔巴姑娘与尼泊尔姑娘相约去采山。尼泊尔姑娘的彩裙飘飘,灵巧的双手采着山花,采着野果。她们一个个长着一张水团花似的脸模儿,眉心还点着红豆豆痣。夏尔巴姑娘采着木耳、蘑菇和又嫩又鲜的野菜,她们更像林中的百灵鸟,看不见人影,听得见歌声。

 她们采着山野的富有,把一个个馨甜装进竹篮,采着山野给予的馈赠,把一个个清香装进竹筐……采着欢笑,采着歌声,篮筐装满了,又用山藤穿了一串串……

 于是,波曲河畔的友谊桥头,成了采山姑娘们的自由市场。她们交换采山所得,互通有无。只因她们都是山的女儿,大山才给予了她们采不完的希望。

 1990年作于樟木口岸,发表于《日喀则报》副刊

吊　桥

　　是两座大山张开的臂膀，在握手问好；是峡谷中雨后飞架的彩虹，飘荡着五彩缤纷的色调；是一条摇晃的空中小路，脚踩着龙潭虎穴的波涛……

　　就这样悬于天地之间，连于危崖之上，固定成高原上的一道风景线。终年摇摆的悠悠吊桥，摇醒春夏秋冬，摇落日月星辰，浸透了岁月的颜色。于是，过往的人们，再不必拐弯，再不必绕道。

　　高原上有多少这样的吊桥，谁也说不清。走过去，吊桥载着藏乡的富有，背驮里的农畜产品，被挤得探头探脑；走过来，吊桥又载着城镇里的热闹，把藏乡与外面的精彩世界连了起来。

　　岁月之手，把一种暖意，注入悠悠的吊桥两岸。修桥者早已随流水逝去，而他们的遗作，却依然风度翩翩。吊桥下，奔腾的河水，迸溅着恐怖的水花；剧烈的涛声，仍然令人心惊肉跳。

　　吊桥，是高原江河上永恒的舟，延伸的路。一头倚在古老的传说里，一头倚在现代的时髦里。一束神奇的钢索，连接着藏乡的昨天与今天，又把美好的明天，拴得牢牢。

　　　　　　　1988 年作于昂仁，发表于《日喀则报》副刊

雪山雕塑

冬天的雪山是雕塑的世界,力的季节。

撒野就撒得浪漫。雪山的风肆无忌惮,漫山遍野地追求爱情,不管美的丑的,它全部横扫,收入囊中。以冰过的热情,贪婪地霸占了一切。

雪峰凝思的泪水,它也不放过,用尖利的雕刀,刻出千姿百态的盆景,有重叠的山峦,有松树柏树,有冰塔林,有老寿星……它的作品倒还庄重温柔,不像它追求爱情时那般任性粗暴。

一阵激情燃烧之后,它的作品覆盖雪山。在一片明丽的阳光下,像模像样地举办自己的作品展。作品挺有力道,但形象是粗线条的,需要用想象去弥补。人们只能以各自的生活,各自的经历,在属于各自的位置上,想象出属于自己的雪山雕塑。

黑眼睛幻化成不冻湖,泪珠落成冰凌花,以忧伤的明亮的透彻和沉默,把意境漫向黑黑的睫毛丛。

于是,雪山上便会生长出草原上的格桑花、邦锦草,会生长出葱杨、翠柳、青松、紫槐……

——它们的色彩,不会是嫩绿、嫣红、鹅黄、湖蓝、姹

紫……统统是晶莹透明的冰白色。

1988年作于聂拉木，发表于《西藏日报》副刊

门隆则雪峰

独　礁

　　月黑风高之夜，当错觉在梦中遽然惊遁，你便蹑足潜行，将隐私挟持到野外荒郊，听凄风呜咽，寒鸦悲鸣。

　　不知何时，你歇足在雅鲁藏布江大竹嘎渡口南岸。看江水从西东流，看秋风自东西吹。看太阳落到江的另一边，看自己消失在光的背面。

　　有山，就会有神仙；有神仙，就会有山。传说你是米拉日巴从北岸远山豁口用法术迁来的。

　　有神仙，就会有故事；有故事，就会有信徒朝拜。你的头顶插满五颜六色的经幡，礁岩石缝中长着一株柳树。没有人能说得清，柳树是自然长出来的，还是朝拜的信徒栽上去的？你头顶的经幡又是谁插上去的？你身上的颜色为什么这么黑？

　　自从神造化出盐，就有了生活的咸味，就有了生命的苦涩。你孤独的心，不管是浸在水中，还是沐浴阳光，都能闻到鱼腥味。你的脸上和身上，被岁月的风浪刀砍斧劈，但你依然站在那里，含着微笑，迎着江流……

　　你一如江水托起的孤岛，潮涨潮落，寂寞无声。你一如游离喜马拉雅山的一颗陨星，血缘牵动手足之情。

归去来兮，经幡依旧，柳叶青青。

1987年作于日喀则大竹嘎渡口，发表于《西藏日报》副刊

雅鲁藏布江大竹嘎渡口

林卡节

山跟着舞起来，河跟着舞起来，就连那飘浮不定的云，此刻也伴随着裙裾飞摆。

我的心一下子沉进林卡，沉进帐篷，沉进那欢快奔放的节拍。绿色的林卡融着柔柔的月色，帐篷外的篝火噼噼啪啪。浴着林卡的绿色我拼命打捞，打捞那些风格迥异的民俗风情。

年楚河止不住一阵激动，哗哗的流水声忘记沉默，浪花吵醒了田里的青稞，浇醉了拔节灌浆的麦穗。它们也跟着过起了节日，沐浴着春风在田野摇摆身姿。

谁家姑娘射出爱情的绿箭，又串起了林卡深处悠扬的歌声。春天的翅膀在林卡里飞翔，年轻的气息让柳林陶醉。夜宿的林中小鸟受到感染，扑棱棱从枝头展翅高飞。

藏家人围在林卡的帐篷里，喝着酥油茶、青稞酒，在讲古老的故事。一对情人不喜欢这种方式，悄悄地走向林间小路的深处，独自享受月光、空气，这是他们爱情梦的开始。

今天，让生活更幸福，让古老变永恒，苍穹以古老的方式，大地以凡尘的礼仪，歌颂季节的繁衍，诉说喜悦的言辞……

1988年作于日喀则贡觉林宫，发表于《日喀则报》副刊

草原绿雾

朝朝暮暮,像乳奶一样流泻在草原上,那样的深,那样的浓,能把人都漂浮起来。

绿雾从脚下升腾而起,绿得清澈,绿得透明。微风吹拂,推着雾,一会儿移动,一会儿停滞,一会儿凝聚,一会儿散开。

坐在草原上的黑牛毛帐篷里,端着酥油茶碗,诗情油然而生,随口而吟:"茶香腾绿雾,草原吐青烟。"

确实,茫茫绿雾如烟如涛,浩荡似水,显得缥缈、神秘而绮丽。

雾的色彩,揉进了天的蔚蓝、草的碧绿、露的晶莹。不然,怎么会这般绿?这般嫩?

雾的生命,融入了阳光的希冀、月亮的渴望、牧民的爱情。不然,怎么会如此鲜亮?如此清幽?

草原上的每朵小花,每棵小草,都散发着香味。在这芬芳的气息里,当你静心自省时,才会发现,自己原来是如此渺小;当你骑马奔跑时,才会发现,自己原来是如此缓慢;当你与牧民真正成了朋友时,才会发现,自己原来是如此平庸。

1990年作于亚东县吉如草原,发表于《西藏日报》副刊

高原，我对你说……

——献给西藏和平解放四十周年

揭开喜马拉雅山的雾霭，露出你雄壮的脊梁；拂去雅鲁藏布江的浪花，摸到你跃动的脉搏。

高原，告诉我，该怎样把民族的记忆抱紧？如何将历史的陈迹捕捉？该怎样理解野蛮的覆没，如何思考文明的崛起？曾几何时，文明创造了战祸，富饶带来了饥荒。为什么江孜宗山，挡不住侵略者带血的马蹄？为什么一个个古铜色的躯体，倒在洋鬼子的洋枪洋炮下？你曾百里呼号，你曾万般愤慨！你是怎样驮着历史，从长夜走过？你又是怎样怀着希望，到旭日喷薄？

高原，我对你说，我愚惑，粒子一般玄渺；我平凡，细胞一般孱弱。我是小草，怕的是大地干涸；我是青苗，怕的是天空没有阳光。对你，我如泉一样清澈；对我，你似山一样袒裸。春天，我同你一起复活；秋天，你同我一起收获。叛乱，我同你一起愤怒；胜利，你同我一起欢乐。你把生命在阳光下化合，你把人群在征途上分色。求索者，如饥似渴；耕耘者，勤勤恳恳；钻营者，唯唯诺诺；贪腐者，战战兢兢。

清晨，我为你唱醒山河；夜晚，我为你唱红篝火。我为

弱者唱起希望歌，莫把贫穷落后的包袱背上；我为懦夫唱起志气歌，莫让懒散再度结成同伙；我为"公仆"唱起长征歌，莫把为人民服务仅挂在嘴上；我为牺牲的先烈唱起挽歌，他们的鲜血不会白淌！我高歌，高原四十载的深刻变革，高原四十载的成就辉煌！

高原，我对你说，我这心，我这歌，是你的重托！让它升华、腾飞，同时代的足音会合；让它孕育、出土，在理想的守护下成活。没有谁能阻止我们，迈入劳动者的天堂，登上创造者的仙阁！我们将伸开双手，拥抱一个团结、富裕、文明的新西藏！

1990年作于日喀则，发表于《日喀则报》副刊

仁布绿石

是痛苦断裂成石,着上绿色;是残树托着希冀,梦见前世;是希冀化石为玉,不变性格。

具有同样的油脂、光泽,滑感、透明度的纹理;具有同样致密、细腻、坚韧、可雕性良好的质地;生长在同样的一个地方的一座山上,为什么暗绿、灰绿、浅绿色的玉石,备受青睐?而红色、黑色的玉石,却被群众称为不成熟的玉石?

是因为藏家人太爱绿,视绿为精神,为意念,为理想,是对美的追求和升华!经过漫长痛苦的磨砺,绿植骨髓的仁布玉石,彻心彻骨地与绿同生死,与雷电风雨、冰霜水火相亲相融,最后吸取了日月之精华,大地之灵气,保持了生命的绿色,她是上天对人类最好的恩赐。

是青翠的柳丝;是碧绿的涟漪;是乳绿的轻烟薄云;是阳光、冰山;是远古、雷电!是胜利者的呻吟——是格萨尔王十次大战[①]留下的白骨——是仓央嘉措[②]殉情的誓言——是

[①]格萨尔王十次大战:藏族史诗《格萨尔王传》中记述了格萨尔王一生中曾作过十次大的战役,每次战役都是白骨累累。

[②]仓央嘉措:系六世达赖喇嘛,他生前著有《仓央嘉措情歌》。史书记载,他不喜欢学佛,曾多次从布达拉宫后门偷偷去拉萨八廓街幽会情人。

雪域昔影

招魂落魄的经幡——是天葬台上的桑烟——是千滴泪水的失散——是风掠过的云影——是云投下的烟波——是所有不堪回首的惨痛,不能言传的欢欣,不可抗拒的死亡酿就了你——绿石!

——你如此绿的色彩,绿的里面,是否生命?

1987年作于仁布,发表于《西藏日报》副刊

仁布玉器

冰塔林

仿佛来自另一遥远的星球，来自地层深处云雾深处雪山深处历史深处。看着珠穆朗玛峰东绒布冰川下的冰塔林，脑海里出现了故乡出土文物兵马俑。

兵马俑是远古人们埋在地下的艺术创造，而你是阳光锋利而炙热的刻刀，大刀阔斧雕出的像汉白玉般高耸林立的水晶奇景。

白色的锥塔冰体，超凡脱俗，有的威严，有的肃穆。有的像宝剑，有的像钟楼。高高低低，形态各异。千奇百怪，美不胜收。有冰川公园的美称。

你像冰川雕刻的兵马俑，仿佛征战中迷了路，迷入云雾，抑或突然凝固，凝固中一声号令，被定格在奔走、冲锋一瞬间的英武阵容。

一组巨幅历史长镜头，立体地永久地镶嵌在东绒布冰川的背景中，阳光不能消融岁月不能消融历史不能消融，不怕寒冷不怕风沙不怕腐朽，任凭阳光风雪自然地精雕细琢，任岁月雕塑风雪雕塑历史雕塑，冰盔冰甲剑戟刀斧寒光幽幽。

你生长在雪线以下不远处的裂缝区，绵延一大片，晶莹剔透。仿佛缕缕战云烟尘亘古弥留，赳赳雄姿铮铮风骨高擎

起冰川的天空,为一声军令一个使命一个信念牺牲,难说一瞬间一声令下所有冰塔会复活像兵马俑般冲锋陷阵……

冰塔林,就是冰川雕刻的活着的兵马俑!

1990年作于珠峰登山大本营,发表于《西藏日报》副刊

冰川冰塔

六月雪

六月的高原渐渐蔚蓝，六月的草原渐渐变绿。六月雪降临，坐在地球的轴巅看雪，听两个遥远季节的心跳。

心情在绿色的情愫中，伴随着洁白的雪花翩翩飞舞。眼睛里，飘着片片雪花，晶莹透明。夏天里，静静地演绎着冬天的风景。

轻轻地扒开覆盖在绿色上的雪花，六月雪好香好凉。被蒸发的光景渐渐温柔，牧民和羊群的眼眶，被一隅的凉意浸透。

我们慢慢地移近雪和风，孤独的花朵，我们又无法接近。六月里，雪中的故事无人知晓。脆弱的草叶从雪中顽强地顶起，古老的生命穿过亿年的时空。草原像一朵白莲花，弯向天空流泪的脸庞。

尽管冬天的雪花落在了夏季的草原上，但终究是夏季了，生命不再孤独，耐寒的草木在遥远的牧场，依然抗争地挺立着，高昂地扬着头，让翠绿的手指擦亮天空。

六月雪，一方清凉的世界，一片迷人的风景，一个美丽的遥远。

1988年作于亚东吉如，发表于《日喀则报》副刊

雪域昔影

雅鲁藏布江大峡谷

蓝天上、雪盔里是你高扬的头颅。敞开心胸,倾万斛热血,给山以霞的绮丽,给水以花的浪漫。

巨流雄魄,垂一幅宏文巨卷,是江河著就的史诗,是血与泪的历史,是梦与幻的神话,是远古与今天的渴望。

滔滔地竖起意志的壮美,不屈于崎岖中的匍匐与扭曲,张开如鹏的亮翅,是神鹰冲霄的腾飞。

向着远方,以雷霆万钧之势奔流而下,激起一串串乳白色的浪花,去壮山河的肝胆,突破蒙蒙水雾封闭的樊篱,冲开禁锢的格局,使人惊心动魄!

从南迦巴瓦峰的冰川的永久积雪带到谷地热带,七千多米的垂直高差。江流就像深嵌在巨斧劈开的狭缝里,谷底是呼啸奔腾的急流,河床滩礁棋布,乱石嵯峨穿空。

大峡谷中,飞瀑一个接着一个,千回百折,山嘴交错,层峦叠峰。深谷两侧森林密布,幽深秀丽。那连绵的峰峦和滚滚的急流,构成一幅壮丽动人的画面。

当阳光的金瀑与心瀑交织,编织出七色的花环,一切水光山色的美,都凝练在你的心中。

1990 年作于林芝,发表于《西藏日报》副刊

第三辑

白居塔①

一座匠心独运的白塔，记载了多少风风雨雨，像一个凝固而深沉的惊叹号！站在年楚河畔，又像一个顶天立地的巨人，举起蓝天。

我知道你不再寂寞不再缺少什么。经过静静的选择，你的身上雕塑、绘画的各种佛菩萨，多达十万尊，所以又被称为"十万佛塔"。

你叩醒了一个雨季的早晨，年楚河潮涨潮落，岸边留下了一层层梯田似的河滩。这是春天雪融水涨，冬天山寒水瘦留下的痕迹。受此昭示，你的形象，便成了年楚河畔的一层层梯田的模样。

在一个很壮丽的时辰，你读懂了一个白昼，又去写一个白昼，风匆匆吹过，雨匆匆下过……年楚河冬瘦春涨了十次，一座凌空耸立、壮观别致、吸纳了印度、尼泊尔及内地佛教建筑艺术精华的白塔，高矗在年楚河边。

那构图巧妙、造型华美的塔座呈四面八角。分层逐级递

---

①白居塔，在西藏江孜县白居寺内，塔呈八角，具有藏、汉、尼泊尔的建筑风格。

收,龛室之间相互独立。圆柱形的塔瓶渐成锥形。塔顶那紫铜铸就的一朵十三瓣莲花,迎着天风夜露,怒放在云海星河里。

远远望去,白色的塔身,赭红色的墙檐,鎏金的塔尖,和谐完美,浑然天成。此时,你摇响了檐角那一串串清脆的风铃,在晚霞的紫晖中肃然挺立。此刻,我化作你心头的一股声浪,久久地疾呼着,让风铃的声音传得悠远——

你就是一个巨人,一个古老民族的巨人!

1988年作于江孜,发表于《日喀则报》副刊

江孜白居寺

江孜达玛节

东南风用流利的笔触,从烟雨中勾勒出江孜平原的廓影。蓝晶晶的天幕下,莽莽苍苍的年楚河谷,织出了一块碧绿水灵而又清新雄奇的地毯。

六月的江孜水草丰茂,有着五百多年悠久历史的江孜达玛节,在一场喜雨的滋润下开幕了——

穿黑氆氇藏袍的民间艺人,怀里抱着一把核桃木六弦琴,铜耳环一晃一晃,琴弦里弹奏着自己的往昔。琴声一会儿低沉,一会儿高亢。老艺人被看热闹的人群层层包围。

买茶壶的藏族姑娘,不会说汉语,用舞蹈般的动作,与汉族女售货员交流。尽管她们语言不通,相互也能沟通心灵。

化装马队驮着乡村的爽朗,一匹马比一匹马打扮得漂亮俊俏。有的马头上插着羽毛,有的马鬃梳成小辫,有的马颈挂一串铜铃,有的马鞍雕花镶银,有的马尾巴扎成棒槌……

最有特色的当数骑牦牛比赛。那些头戴红色绣珠花的牦牛"运动员",埋头挺角,纵跳而来。它们披挂着全身黑的、白的、花的长毛,飘飘扬扬,像一片片随风疾驰的流云。

那些比赛获奖的骑手和获胜的骏马、牦牛,都会披上洁白的哈达,围场绕一圈,向人们展示和炫耀。这也是每年江

孜达玛节的高潮。

哦,这赛马的佳节、艺术的佳节、商品集会的佳节、江孜人民的佳节……

1988年作于江孜,发表于《日喀则报》副刊

江孜赛马会

牛粪坨

当它燃烧的时候，化作牧村上空蓝蓝的炊烟，飘向高高的苍穹，变成彩霞片片。

牛粪烟有一种特殊的香味，它不同于纯粹的草木烟味。因为牦牛吃的草种类繁多，且有许多是中草药。因此，日本科学家研究证明，储存三年以上的牦牛粪燃烧后的烟，能杀灭三百多种微生物病菌。

来到草原，往往会未见到帐篷，先闻到淡淡的、绵绵的、随风而至的牛粪烟味，一种家的感觉就会遽然而至。牧村人家的门前屋后，经常能看到高高的牛粪墙、牛粪堆。藏族谚语："一坨牦牛粪，一朵金蘑菇。"牧民视其为生命之火。

牛粪，藏语也叫"久瓦"，就是燃料的意思。西藏牧民用牛粪作燃料已有上千年的历史。他们将新鲜的牛粪拌些麦秆草屑调匀，用手拍实，然后再贴到墙上晾晒，变成牛粪坨，再砌成墙，不易碎且耐烧。

日喀则市有一家餐馆，就是采用牛粪坨进行装修装饰的；中国农业大学，专门为牧民研制出一种捡拾牛粪的机器；在牧区，几乎家家都备有牛粪火炉和风囊……

有一位藏族诗人这样写道："没有牛粪坨的日子，将是牧民自我遗失的日子。我们的慈悲心和因果观,善良的品性,都将会离我们而远去。"

牛粪坨的生命是绿色的,是清新的,是燃烧的,是永恒的;牛粪烟里有草的翠绿,露的晶莹,天的蔚蓝,阳光的希冀,星星的渴望;牛粪坨的灵魂像牧草的嫩,天际间的虹,流动的雾,清澈的溪,草原的云……

1990年作于昂仁桑桑草原,发表于《日喀则报》副刊

牛粪坨的炉火旺

第三辑

绿遍天涯

绿色，是春天的颜色，生命的颜色。

不是么，请看朦胧的烟雨里，青草破土，柳条泛绿，新苗吐翠，蕴含着何等的生机呀！有诗曰："春风又绿江南岸"——早在多少年前，人们就把春和绿连在一起了……

是的，新春的颜色是不可抗拒的。即便在茫茫的雪被之下，也有孕绿待萌的新芽，只要朝阳一抹，春风一缕，便会碧染千顷，绿遍天涯……

这情景，不由人想起"四化"建设的队伍里，人们爆发出来的热情、干劲，多像一江碧绿奔腾的春潮呀！

呵，前进吧，心怀春天的人们——路在天的尽头，天是翅膀的归途。

通往春天的绿灯，正在闪亮！我们目之所及，哪里都是绿的，深的浅的，明的暗的，绿得难以形容。

让我们走进绿意盎然的春天，用辛勤的耕耘播撒，为它施青点翠……

1981年作于拉萨，发表于《西藏日报》副刊

雪域昔影

珠峰的梦

梦里,我向往珠穆朗玛神女峰……

珠峰,给我一缕彩霞,或许我能编织成欢呼神女的美妙诗句!

珠穆在藏语中是神女的意思,朗玛是第三的意思。这个排位并不是山峰高度的排名,而是在珠峰附近,聚集着马卡鲁峰、獐子峰、珠峰、卓奥友峰四座海拔超过八千米的山峰。根据地理分布和藏族的排位传统,雄踞地球之巅的珠峰只能屈居第三。

我的珠峰梦,就是希望能看到传说中那种千载难逢的珠峰佛光。想象在云雾弥漫处,云层中幻化出一道七彩光环,起初若隐若现,随着云层的阳光照射渐强,光环绚丽起来,我被阳光折射在那光环正中,便成了一位被阳光笼罩的"活佛"。

可惜,当我站在珠峰脚下,却没有看到神女揭纱的壮丽奇景,也没有见到梦中的"佛光",连最后一抹晚霞也已经融入茫茫雾浪里。

呜呜的夜风,如浪的雪峰,蔽空的冰沫,传送着神女粗重的呼吸,低沉的絮语。一群棕头鸥在珠峰周围展翅翱翔,更显珠峰雄伟挺拔。西藏登山队的队员们，正忙着安营扎寨。还有一些国外的登山队员们，也赶到珠峰大本营来朝圣。

我忽然明白了，神女的梦，不是馈赠给我装饰诗的色彩，而是属于那些能战胜高空飓风、极度严寒，不畏缺氧雪崩、冰崩等危险的人，属于那些在登攀中体力体能、意志毅力经受过严峻考验的人。

在珠峰顶，一团云被冻僵了。大本营里的灯火，在神女梦里安慰着颤抖的风。在登山营地帐篷一侧，有几十座石头垒起的坟墓，墓里没有遗体，只有刻在石块上的姓名。他们是来自世界各国的登山队员，他们的遗体，永远地留在珠穆朗玛峰山顶。他们的登山队友，为了纪念他们，在珠峰大本营留下一片坟茔。风吹过，那里是一块飘魂的地方。

我梦中那迷人的佛光幻景突然间雪崩冰溃，而神女的梦正在令人唏嘘中艰难地孕育。

神女，愿你再次梦到每一个曾经征服过你的勇敢的登山者！也梦见那些为征服你牺牲在你怀抱里的长眠者！

  1988年作于珠峰登山大本营，发表于《日喀则报》副刊

雪域昔影

纯净的高原

从琉璃色的云缝里，先睹为快。高原却以纯洁透明的眸子，凝视着世界。一夜急雨，弹去了原始而古老的灰尘。雪山高昂着头颅，云雾紧锁着眉峰，思考着相识太晚的原因。

如此意境，欲念是纯净的泉水，想象的翅膀跃上冰川雪谷。风马旗插遍风口峰顶，沸沸扬扬，噼噼啪啪。圣洁的爱抚，是世界上唯一的能在夏天得到的覆盖。舍此，谁配呢？

空旷的山谷里，思绪是一枝无力的笔，似剪刀，裁出一条凉热分明的雪线，不舍裁去雪线下这绿色的一枝一叶，更不忍裁去雪线上的洁净的一角一方。只有雪鸡，沿着雪线的轨道来去自由，一会儿在草地上爬行，一会儿在雪线上飞腾。它们的归处不堪污浊，只有把一缕清梦，叠入云水间的透明层。

这里仍然是藏羚羊的摇篮、牦牛的乐园。这里的人们呼吸着稀薄而纯净的空气，看朝佛老人手中轻轻转动的经轮，听妇孺口中永无止境的复诵六字真言的呢喃，幸福长久地藏在他们灵气不减的眼睛里，闪烁着不灭的光。他们不向上苍索求什么，却永远感谢上苍对自己的浓浓厚意。

面对如此纯净的环境，面对如此纯净的人民，我悄悄道一声：珍重，没有污染的禁区，愿你永远纯净！

1989年作于定日，发表于《西藏日报》副刊

美丽而纯净的高原

草原春晨

晨光熹微,太阳初醒,五彩的云霞为它揩着惺忪的眼睛。

是雄鸡的金嗓,啼醒了早醒的草原春晨?还是云雀的鸣唱,唤来了绚丽的晨?或是洁净的白云,把太阳轻轻推醒?呵,不!金鸡此刻还关在森严的牢笼,云雀的羽毛被夜露舔湿未曾出巢,白云缠在山腰还没有睡醒。

是那悠扬的牧歌呵,宛如雄浑嘹亮的钟声,把太阳拖出幽暗的黎明!

我顺着歌声,但见草原上的牛羊熙熙攘攘,牧人正引吭高唱。朝霞抚着他宽阔的肩膀,晨曦映红他紫铜色的脸庞。

我想,牧人那悦耳动听的歌声,不就是草原上的晨钟吗?它博大、浑厚、有力!偌大个草原上空,回荡着牧歌的余韵。

——这是多么好听的牧歌呵!

——这是多么雄浑的钟声!

听到这歌声,草原欣慰地笑了,脸颊上挂满了绚丽的朝霞。而暗夜却像个幽灵,惊慌失措地向天边遁逃⋯⋯

呵,草原春晨,多么美妙!

1982 年作于当雄,发表于《西藏日报》副刊

第四辑

作者采访千里喜马拉雅山边境线

第四辑

西海之歌

一粒大江的种子,撒在喜马拉雅山北麓的杰马央宗冰川。于是,雅鲁藏布江的源头唱起了牧歌。

那个洒满夕阳金色余晖的傍晚,那个骑在马背上的老人,唱着一首放牧江河的牧歌。这里注定了要成为孵化大江的源头,因为老人唱的那首牧歌,是一支穿越千山万水,直奔海洋的歌;是一支穿越千年万载,穿透高原肺腑的歌。

薄明的空中,一只比空气还轻的白蝴蝶在飞。河床上数不清的鹅卵石,被河水洗得光亮,比唱牧歌的老人腮边挂着的微笑还要晴朗。记忆中大海的源头在江河,江河的源头在雪山,雪山源头在西海。这好像是那首牧歌的歌词。

牧歌那悠扬的旋律,是一条江的源头,是西海流下的眼泪,是一粒种子发芽的回响。当牧歌的余音还在苍茫暮色里飞扬,似乎就能听到汹涌澎湃的海浪。

银色的风,摇落了一个蔚蓝色的梦。雪山消融的泪迹,带着无声的夜曲。不是所有成熟都意味着结果,有时候,花朵开得太早,也许是一个美丽的错误。西海也曾经是海,它的蔚蓝不是海水,而是天空。

西海之歌,从洪荒而来,从雪山而来。西海奔潮的景象,

是一幅长长的波澜壮阔的画卷。

1990年作于拉萨，发表于《西藏日报》副刊

雅鲁藏布江日出

泥石流

巨大的泥石流,挟裹着泥沙、石头,碾过河流,碾过山谷,碾过坡地,碾过公路……

一处处危崖绝壁,被推倒夷平,席卷而去。

一片片林带绿地,在践踏下湮没,顷刻一片荒凉。

一丛丛苍苔,一棵棵树木,没留下一星足迹。

一场泥石流,吞噬一切有生命的东西。古老的川道失去青碧,留下满目疮痍和一片带泪的记忆。

终于,泥石流失去动力,被抛掷在一片谷地,固定在一个历史的位置上。

多年后,当我再次来到曾经目睹泥石流肆虐过的谷地,看见一片绿色。在泥石流的遗迹上,早已盖满生命,满目不可抗拒的葱郁。

泥土,已回归芬芳,树木,已郁郁葱葱,田园和村庄,又生活在甜蜜的梦乡。

大自然破坏了一个旧世界,大自然又开辟了一方新天地。

1989年作于萨迦县,发表于《日喀则报》副刊

牧村女老师

她选择了那条从云端飘下来的牧村,她选择了那座白雪掩映的黑牛毛帐篷。牧村那位新来的女老师哟,在牧村点燃,点燃了不属于这个季节的孤独。

曾经,三位和她一样从师范学院毕业的男生,在牧村仅仅歇了歇足,便如夏日的阵雨,来去匆匆。因为太嫩太柔的肩膀,担不起牧村偏僻孤寂的酸楚。

他们来了又走了,牧村孩子们的上学梦一次次破碎。那些黑牛毛帐篷里的孩子哟,牧鞭甩响一串串长叹,牦牛背上抑郁的目光,刺不穿层峦叠嶂;悠悠鹰笛,吹落多少个血红的夕阳。

她呀,其实被分配到团县委,但她毫不犹豫地放弃,只说一句:"我学的就是当老师!"她把自己的命运交给这贫瘠的牧村,可曾有过如雾的迷茫和后悔莫及的惆怅?

心绪如潮,冲击着她心灵的沙滩。然而,她怎能走出孩子们天真的目光,她怎能拂了孩子们的心愿,她怎能走出孩子们求知的渴望?

她在自己选定的轨道上,走进了草原孩子们梦中的呼唤。

她很自豪,坚信草原上的雏鹰,一定能长出坚硬的翅膀。

她把娓娓动听的故事注入孩子们的心田，于是，便升腾起袅袅的幻想。

她让动人的歌声飘荡在混沌的草原，于是，便长出一片美丽的风景。

她在黑板上写出满天繁星，引领孩子们探索永恒，于是，扬起的小手像一面面远航的白帆。

她牵着孩子们的手，去浴山风，寻找花草间的情趣，捕捉七色的阳光。

…………

野花、青草、帐篷、流岚……她爱牧村的山水风景，但她不喜欢牧村的漫漫长夜，她害怕与悠闲俱来的孤寂。于是，她在牧村为牧民办起了文化夜校。

每当夜幕低垂，她手中的那盏马灯，在牧村小路上如流萤闪亮。牧村里的人们看到她的马灯，都说那是牧村的一颗星。

是的，她确是牧村一颗星。她获得了五一劳动奖状、三八红旗手、优秀教师的荣誉。她的名字叫央金。

1988年作于日喀则，发表于《日喀则报》副刊

雪域昔影

草原秋霜

是什么闪着耀眼的光,在草叶上发亮,像在绿底上绘着银白的锦绣?

渐远的大雁飞出了视线,昔日的绿茵成了守望。牧人走进自己的牧场,收割着银白的秋霜。

秋风、秋雨、秋云、秋月、秋色,一岁风华物语更迭,一个季节被你一夜剥离。草原守着渐寒的夜,仿佛凝结着一层离怨。

是什么在日光下,与秋风叮叮碰响?是你挥动双手,在十月旋转的背影里后退。那些泛黄的草叶,会轻轻地向你传递,它们正沿着变黄的颜色,一脚一脚,走入季节的深处,将一切交予珍藏和记忆。

那回荡于草原上悠远悠远的思恋呵,像朵朵洁白的音符,美丽晶莹,高洁严峻。你是水的精灵,冰的魂魄。在你面前,只有坚强不屈才会受到尊敬。

你像一块无尽铺展的白色画布,给草原铺上层薄薄的玉屑,像一条白线毯子盖在了黑牛毛帐篷顶上。帐篷顶上冒出的那一缕缕白烟,展示着昂然强盛的生机。悲歌只唱给衰老,唱给死亡,升空的炊烟是一个季节涅槃再生的信念。

哦，也许衰老和死亡并不可哀，当你想到那秋霜过后来春的万点新绿，你定会高唱壮歌，落下叶帆去迎接秋霜的到来。

1990年作于康马，发表于《日喀则报》副刊

草原母子

雪域昔影

老师,我为你歌唱

——献给第一个教师节

你是一支洁白、正直的粉笔,在生命的磨损中,把正直、善良留在孩子们的心里。

你是一支批改作业的红蘸笔,把自己的热情,融进柔和的灯影里,化作一团火焰,投向作业本里的错误。

你是一本备课的教案,写满了天穹一般透明的蓝色讲义,那宽广、明朗、清晰的思维,把知识的结晶溶在一起。

你是吐丝的春蚕,用银丝丈量着自己的生命;你是春天的阳光雨露,用温暖滋润禾苗如茵;你是经年累月的辛勤园丁,目光总是注视着那片待开拓的园林。

爱岗,是你的职责;敬业,是你的本分;青春,是你的资本;奉献,是你的追求。你是一滴清水,渴望滋润每一寸土地;你是一缕阳光,希望照亮黑暗的角落。

你的爱,太阳一般温暖,春风一般和煦,清泉一般甘甜。比父爱严峻,比母爱细腻,比友爱纯洁。讲台上,你像演员,吸引着那些饥渴的目光。自习时,你像诗人,让知识的清泉叮咚作响。操场上,你像雕塑家,塑造着一批批孩子的灵魂。

你心甘情愿地把一滴滴心血,添进希望的灯里,为无数双眼睛照亮前程。你用语言的画笔,把孩子们的思维染抹。假如他们能搏击蓝天,那是你给了他们腾飞的翅膀;假如他们能成为击浪的勇士,那是你给了他们弄潮的力量;假如他们是不灭的火炬,那是你给了他们知识的光亮。

1985年作于西藏民族学院,发表于《西藏日报》副刊

牧村学校的夏令营

冷 泉

冷泉,是牧村的眸子。

牧村是古老的,冷泉也是古老的。牧村变了又变,冷泉也被鲜绿的苔衣缠了又缠。它们都被风俗、岁月的皱褶过滤了千万遍。

据传说,冷泉是从冰川的脉管里流出来的。它吐纳着天地的灵气,流动着生命的意蕴。不然,怎么会那么凉。即便是夏天,泉水也会寒凉刺骨。迷信的牧村人有个头痛脑热,从不看医生,而是洗冷泉。他们坚信,神奇的冷泉水能治百病。

清澈甘冽的冷泉,孕育了一辈又一辈牧村人。在他们的记忆里,天下最好喝的青稞酒,是用冷泉水酿造的。其味如甘霖,色如玉珠,甜润醇美,喝再多也不会醉。

冷泉给了牧村一片永远的深情,生长出那一片苍翠的柳荫和牧村野调。冷泉像不朽的精灵,不管人世沧桑,总是冒着亮晶晶的珠泡,一簇簇,一串串,如泻万斛之珠。

谁也说不清是先有泉,还是先有村。牧村因冷泉而存在,冷泉因牧村而著名。谁也说不出掘泉人的名字,却又都说是远古的祖先。

冷泉是祖先的财富,祖先是冷泉的精魂!

1989年作于岗巴,发表于《日喀则报》副刊

湖畔牧曲

雪域昔影

雪 鸡

在冰封绝顶遇见你。哟，几万年，人与动物离异，今朝分明又走到一起。

在此相遇，我突然感到生命的宝贵。仿佛你就是我，我就是你。在人迹罕至的地方，我们惺惺相惜。

你翅强善飞，飞行时常伴有"嘎嘎"的叫声，沉重而急速，能从一座雪山顶飞到另一座雪山顶。

你总与高山植物雪莲相伴，常与盘羊、岩羊等高山动物为伍，吃它们吃剩的草根茎，常出没于终年积雪的高山裸岩地带。

古人有五绝《藏雪鸡》，把你描写得形神兼备："说鸡不是鸡，偏向雪中飞。唯我登山将，青峰雾里栖。"

是一阵季候风把你飘来，而我只不过是激动一时的情趣。却都经历一路坎坷，也都饱尝过几番风雨。

我用攀登的双足，你用奋飞的两翼。

1990 年作于聂拉木，发表于《日喀则报》副刊

《萨迦格言》演绎

一、基石·青松

萨迦格言:"愚者学问挂嘴上,智者学问藏心底。麦秸漂于水面上,宝石沉没于水底。"

基石,深深地埋在土地里,从不出头露面,日夜默默地支撑着摩天大厦。而藤蔓,紧紧地缠在树上,依靠树干不断往上爬,总喜欢抬高自己。

昙花怒放,表面看来,鲜艳夺目,但一瞬即谢。而青松翠柏扎根高山,不畏雷电风雨,四季永远常青。

一个于社会有用的人,应该像基石那样,脚踏实地地扎根在人民的泥土里,把自己的一切献给有益人民的事业,还应像青松那样,坚强勇敢,朝气蓬勃地战斗在雷鸣电闪间!

二、草与花

萨迦格言:"具备一切知识的人很少,没有一点知识的人也不多,对有缺点又有优点的人,智者首先是看他的长处。"

草的生命力是极强的,它不怕严寒酷热,它不怕干旱水涝。记得有一次我经过沙漠,见草在沙漠里迎风摇曳,倔强

地生长。可惜,草吐不出花的芬芳!

花的品德是那么高尚,总是用身心装点大地的春光。它绽开喜悦的笑脸,它透出浓郁的芳香。记得有一次在公园里游览。啊,一片花儿万紫千红,竞相开放。花儿啊,只是身体不及草健康!

于是,我联想到,一个真正的人,应该汲取二者的长处,像草一般处处能扎根,如花一般年年能吐香。

1983年作于日喀则,发表于《西藏日报》副刊

萨迦寺珍藏的最大经书板

戈壁夜虹

夕阳,迟迟未归,暮色中起舞的天使,点亮了天河里的星辰。

是谁,在帐篷外弄响水桶,冬叮,冬叮,冬叮……是谁,一句话还没说完,一下子钻进羊皮筒子里,满帐篷都是鼾声,睡得好香好甜?

盖着老羊皮,枕着测量仪,帐篷的角落里摆满采集的矿石。那是国家地质科考队,对藏北无人区这块世界地质史上的空白,进行多学科考察,填补空白。

冬叮——冬叮——冬叮,帐篷外,渴得发慌的骆驼,在舔空空的水桶。戈壁的雨,说来就来,说去就去。它从夜幕中走来,为戈壁荒野的寂寞,跳一支五分钟的狂欢曲。

熟睡的科考队员什么也不知道,一轮暗红的月亮又急急从雨中升起,帐篷外又听见石头和沙砾的歌声,骆驼在舔水反嚼胃里的草食,帐篷被雨水洗得干干净净。

那又是什么,一缕一缕,时隐时现,有风,在帐篷周围打旋?天边,冻得发白的雪山,死一般寂静,像一盏要熄灭的灯。

这里蓝天和大地的色彩对比强烈,空气透明。当科考队

雪域昔影

员揉着惺忪的睡眼,突然发现,一切在夜间看起来都很清晰,在距离上产生了错觉,给人的感觉就像不在地球上,那种月球般粗犷的美惊世骇俗。

戈壁间,像有一道夜虹高挂。那不是夜虹,那是地质科考队员踩出的第一行脚印,揭开了藏北无人区的神秘面纱。

1990年作于藏北黑河,发表于《西藏日报》副刊

秋里南木湖的天然硼砂矿床

七色帆

一叶七色帆,一片太阳色里的四季之帆。

我明白你永不落帆的缘由了。这叶涂满太阳色的帆,原来生长在垂直于太阳的骨子里,且日日吮吸着太阳的精华。

想象你带着七色光彩,饱蘸太阳的灵气,抒写一篇篇日光城韵味浓浓的诗章;想象你是一只硕大的唱针,划出了一首首日光城悠扬绵长的歌声……

而日光城便是一张唱片了,那细密的彩帆从远处涌来,涌来一阵阵大自然的籁音。

拨开白云,日光城的睫毛撞上了袅袅炊烟,家家户户正在晾网,夕阳正泻给它殷殷之光,而桅杆高高矗立,像烟囱。

哦,七色帆,你莫非真的是西海隆起时残留的一瓣鳞甲,里面长着沧海变桑田的传说?

记起了那天傍晚,我抚摸着七色帆冰凉的桅杆,与垂落的帆一起跌入海中,经受了一次从肉体到灵魂的沐浴。

终于,我发现,七色帆是被一场飓风泼到日光城里的一只海螺,一朵凝重的音符,口里含着一片苦涩的海水……

1989年作于拉萨,发表于《西藏日报》副刊

走进冰川

一

真没想到,迤丽的冰川,竟有这么美丽的内在世界,竟有这么丰富的感情内涵。

走进冰川,宛如走进了一道神秘的艺术长廊,让你叹为观止,让你心旷神怡——

这是一片蔚为壮观的大千世界,奇山异水在这里竞秀,冰岩玉笋在这里列珍,飞禽走兽呈千姿百态,瓜果蔬黍一派丰盈……

在冰川的开始端,有一片宽阔的谷地,远处两条壮观的冰瀑布挂在悬突的崖岩之间,如两道由天而下的巨大银柱,银柱撑起一座冰湖,冰湖前有高达近百米的断裂冰舌,发出幽幽的蓝光。这就是冰川悬湖。一阵阵从悬湖吹来的寒风迎脸扑来,在强烈的阳光下,让人不寒而栗。

走进冰川,我的思绪在这里久久萦回,冰川之美,不仅在于它晶莹高洁的外表,还在于它神秘幽深的心灵之宫。冰川有了冰洞,就显得更深沉了。冰洞中有一个复杂丰富的世界,冰川就变得具有灵性了,冰川之美就变得丰富而耐人寻味了。

这是一个充满神秘色彩的神话世界,菩提树下似有佛祖的笑靥,霍尔岭上似有格萨尔王的英姿……让你展开想象的翅膀,沿着充满历史的、社会的、自然的色彩的文化长廊去浏览,去思考,去创造。在这里,一千双眼睛真的会发现一千种美!

冰洞,揭示了冰川美的实质——美在其外,也在其中。

二

真没想到,看似沉默的冰川,竟有这么绵长的幽思,竟有这么深重的忧患。

在冰川,我看见浅蓝浅蓝的冰溶洞、冰蘑菇。侧耳细听,冰下河流的流水声伴着被冰水冲动的滚石,沉闷的隆隆声,不绝于耳,别具风味。冰川的天气多变,晴空万里中却突然"雷声"震天响,雪尘滚滚,飞泻而下,推起一堆一堆的滔天雪浪,这就是雪崩。

走进冰洞,我看见了冰川的泪水,那是从冰河的顶端,从冰壁的缝隙,一滴一滴缓慢地滴落,那可真是无声的泪,凝固在那里有上亿年的历史——抽象的时间在这里变成了倒挂的冰钟和上升的冰笋。冬天,冰钟升高十几米;夏天,冰笋下垂十几米。百年孤独,岁月悠悠。冰川,在为谁咆哮,为谁啜泣?

也许是冰川包含了太多太多的历史沉淀,它的泪水是辛酸的,不然,为什么刚滴落的泪水瞬间又凝固了,凝成大千世界栩栩如生的各种想象,凝成了封闭环境中的美好憧憬和追求?冰泪在冰洞中就这样不停地滴呀,流呀,淌呀,千年万年,流淌出沉积着忧患的悲剧美,流淌出大自然美的历程。

我不知道冰川为何如此忧伤,我只觉得,走进冰川,我的感情得到升华,灵魂得到净化。

冰洞,使我真正认识了冰川,了解了冰川,冰川有阳刚之美的一面,也有阴柔之美的另一面!

1988年作于聂拉木,发表于《日喀则报》副刊

语录塔

题记：南木林县一个乡村的村头，还保留着一座奇异的现代文物。"文化大革命"时期村民建了一座佛塔，佛塔上却写着毛主席语录。当地村民称其为语录塔。

一座斑斑驳驳的语录塔，一个沉甸甸的惊叹号。

它传奇般的时代的风风雨雨，给古老的乡村装点现代色彩。

南辕北辙，信的是佛，求的是神。它有过轰轰烈烈的历史。它给村民生活掀起过波澜。它常常重温那个色彩斑斓的梦……

村里老人，每天仍围着它转经，给它上香供果。是崇佛，还是崇拜毛主席？老人笑容可掬地铿锵回答："都一样！"

风雨雷电，曾经让山石变形；岁月更迭，曾经让日月留梦。奇怪的是，这座语录塔仍完好无损。

语录塔矗立在村头，成了镇村之宝，成了村民们心头的佛。多情的山风仍与它絮语，宽厚的村民仍默默地向它祈祷。

一座斑斑驳驳的语录塔，一个沉甸甸的惊叹号！

1989年作于南木林，发表于《日喀则报》副刊

雪域昔影

苍 鹰

时而冲云破雾,搏击长空;时而舒展双翼,翱翔蓝天。无论在雪岭冰峰之巅,还是在墨绿青翠的草原,都常常会看到苍鹰遨游盘旋的身影。

小时候,读杜甫的《画鹰》诗,特别喜欢那两句"㧐身思狡兔,侧目似愁胡"和"何当击凡鸟,毛血洒平芜"。

鹰的翅膀是飞出来的。它蔑视燕雀的鼠目寸光,也鄙弃鸡雉的贪图安逸。苍鹰展翅,壮志凌云,任凭风雨雷电,何惧山高路遥,眼不迷,骨似铁,胆气豪,勇敢顽强地飞呀,飞呀,不避艰难,百折不挠,追求着生活和战斗的目标。

在生活中,有的人像鹰,喜欢闯荡,高瞻远瞩;有的人则鼠目寸光,安于现状。藏族谚语云:"与狼成狼,与猪成猪。"鹰飞高空,鸟恋枝头,想当苍鹰,莫与鸟鸣。

有一位老牧人,讲述苍鹰的重生,令人震惊。他说,每只鹰,都有一次重生。它们活到四五十岁的时候,就特别苍老了。它们通过喙击岩石,令其嘴喙脱落,再利用嘴喙,将自己的指甲和羽毛拔掉,就能收获一身新羽毛和锐利的爪子及嘴喙。

想象这种坚持,想象这种脱胎换骨的辛苦,才能换来重

第四辑

生,我明白了,为什么苍鹰的青春永远闪光!为什么苍鹰的生命之树常青!

1987年作于尼木,发表于《西藏日报》副刊

苍鹰

雪域昔影

江畔的藏家汉子

你浩浩荡荡、渺渺茫茫,在向山的儿女、水的儿女、龙的儿女、藏家儿女诉说些什么?

光怪的砂石,沉淀你古远牛皮船那酸涩凄楚的梦。当你载着原始的、野性的、黝黑的、粗壮的藏家汉子,你宽阔的胸脯上便升起了第一片白色的帆。

那些野性的藏家汉子顺着你的脉管,猛烈地吮吸着太阳的乳汁,又把腰间的藏刀磨得铮亮铮亮,闪着幽幽寒光。江畔留下他们那深深浅浅、歪歪斜斜的脚印,安慰你荒寂的灵魂。

揽住你悠悠的风,悠悠的云,藏家汉子在江畔捕捉远古的神话,寻觅那条游动的黑蛇的足音。然而,平静是你,骚动是你,勇悍是你。你只属于你,冲刷自己,不重复自己。

那些慓悍的藏家汉子,曾用颤抖的手掌,为你生命的婴儿,掬起鲜绿一捧;曾用朴拙的鹰笛,为你汹涌的生命,吹奏澎湃的乐章。

此时,那些藏家汉子,除了低心归首,聆听你奔突的心魄,还能奢望什么呢?除了站在牛皮船头,把颤动的唇,紧贴在太阳的丰乳上,还能指望什么呢?

默默地,那些藏家汉子升起了一叶风帆,升起因你而闯进他们生命乐章而激溅的音符——心灵的旗。

望着巍巍的雪峰离去,山头淡红的血色,浸渗着黛的夜阑。两岸沃田,回荡着千百种声音,缠绕在藏家汉子那心底初升的黎明。

那些藏家汉子坚毅地带着牛皮船的子孙,驶进你永恒的生命。你亘古不变的旋律,已融入藏家汉子的梦。从你古涩的歌音里,他们看到了鹅黄色的新枝……

1989年作于日喀则东嘎乡,发表于《日喀则报》副刊

藏家汉子

金 刚

这就是金刚？！

青面獠牙，多首多面，多臂多腿，长腰短膝。威严可怖，既丑陋又威森。手中的法器，象征权威，脚踩小鬼，形似恶魔。

你的姿态到底说明什么？

藏传佛教密宗壁画中的金刚，更为可怖。鳞片斩浪，飞角挂云，长长的，顶天立地，象征法力无边。以至人们跪拜，以至人们顶礼，以至人们畏惧。游览的人们往往把你当作主神，朝佛的信众往往先给你上供。

直到今天，我才顿悟：金刚，在藏传佛教密宗诸多神类中，原来是等级最低的门卫。

1990年作于日喀则扎什伦布寺，发表于《日喀则报》副刊

江渡那边

江渡,似咫尺天涯。缥缈得现实,古老得新鲜。

蛇行般的江流,借山川之势,忽窄忽宽。江水清澈、明丽而坚毅,向着东方,迎着太阳,奔向大海,矢志不移。庞大的山体,被劈成两半,快刀也无法将江流斩断。

读古老的江渡,属于历史的范畴么?荒老的野渡依旧在,却看不见渡人的牛皮船。旁边,几多荒唐的索桥,仅剩下索基,像无望的寄托。

这不是传说,而是历史,记载着江渡的无尽沧桑。江那边,有一桥飞架,似彩虹。人在桥上走,水在桥下流。雪白的云絮,是江那边人们敬献的哈达么?

于是,人们把桥当路,车流如水。而在水看来,桥是弱者,既没有牛皮船的勇敢,敢于直面征服波涛;也没有吊桥的奇险,敢于蔑视脚踩波涛。其实,历史就是历史,现实终归现实,谁也无法拔着自己的头发离开地球。

1988年作于南木林,发表于《日喀则报》副刊

樟木即景

一

樟木沟,沿公路顺着弯曲的波曲河,穿入幽深的峡谷,绕过葱绿的林涧,仿佛行走在诗画之中。

雨季,山间到处是流水及悬垂崖头的瀑布,奇花异卉繁多,风景美如画卷。

整个樟木镇依山而建,峭壁之上,居住着夏尔巴人。他们以攀登珠峰的"珠峰向导"这一职业闻名于世。

樟木,被誉为西藏的小香港,是中尼的唯一口岸小镇,也被称为边境上的"世外桃源"。

二

樟木沟底,一座横贯东西的友谊桥,连接着中国和尼泊尔的边境。桥两端飘扬着五星红旗和三角月牙星白旗。

尼泊尔礼宾山上的娑罗树和中国樟木山上的香樟树隔河相映,在晨风中吟啸。

友谊桥上,走着一队尼泊尔送亲的队伍。花轿的围帘是用黄、白、红、蓝、绿的吉祥五色绸缎做的。送亲的边民,

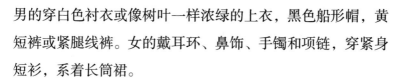

男的穿白色衬衣或像树叶一样浓绿的上衣,黑色船形帽,黄短裤或紧腿线裤。女的戴耳环、鼻饰、手镯和项链,穿紧身短衫,系着长筒裙。

他们出入国境线,就像跨自家门槛那样方便。

三

露珠在旭日下亮得耀眼,火雀在白蜡树上啁啾。

那些脸上洋溢着喜悦的我国边民,扶老携幼,带着小花鞋、小衣帽和手工纺织的白氆氇或卡垫,往友谊桥那边走去。他们去串亲戚,给诞生在尼泊尔的小外孙送去礼物。

友谊桥上,尼泊尔的柑橘、薯木瓜、长胡椒,还有那弯弯的像月亮似的香蕉,送到了中国的亲戚家中。而中国的盐巴、砖茶、牦牛尾巴,还有那散发着草原气息的氆氇和卡垫,也温暖着尼泊尔亲戚的心。

四

波曲河像个天真的孩子一般,拍着手,跳着蹦着,跃出国门。

晚霞烧天啦!这是边镇最热闹的时刻。

夏尔巴姑娘梳洗完毕,挑出孔雀翎般的衣饰,左看右看,该突出的都突出了,该隐匿的都隐匿了!恰到好处的曲线,抛出了迷人的诱惑。瀑布般的披肩发,倾泻着俊丽,脸儿更

红,抹上香水,香气袭人。

镇街上,投来了艳羡的眼光,挑剔的眼光,陶醉的眼光,迷惘的眼光,追求的眼光……

1990年作于樟木口岸,发表于《日喀则报》副刊

樟木口岸谷底的中尼友谊桥

石磨·水磨

一

两块紧紧搂抱在一起的岩石，一块是太阳，一块是月亮，推着藏乡悠远的岁月。

石磨，串起了藏乡的所有季节。

昏暗的磨房里，跳动的酥油灯引路，将寒凉的夜，搓成牛皮绳上的结，系在石磨的腰间，沿着一条长长的、没有尽头的磨盘路，哼着低沉的调子。

石磨的声音有些凄凉，毛驴的尾巴拖在磨杠上，从清晨走到黄昏，走出失眠的、无可丈量的里程。毛驴的蹄印，在磨道踩出一圈深槽。

磨瘦了饥饿的粮仓，磨出了香喷喷的炊烟，磨平了坎坷的岁月，磨碎了忧郁和艰难。

石磨的思考在藏乡徘徊。藏乡人读着石磨弯曲的脊梁，读着石磨嶙峋的身躯，读着石磨佝偻的灵魂。读出一道道皱纹，读出一根根白发，读出一声声叹息。

藏乡的石磨，两块紧紧搂抱的岩石，拖着藏乡慢悠悠的岁月。

二

　　溪水像一根细长的绢带，飘飘洒洒地从空中抛下来。溪畔，依依垂柳掩映着一座古老的水磨房。

　　水激轮转，解放了拉磨的毛驴。水磨房终日回荡着水轮苍老、沉闷的旋律。

　　日月飞驰，风雨剥蚀，悠悠溪水拉着水磨，一直在唱着那首无韵的慢节奏的歌。

　　伴随这单调的旋律，藏乡在岁月的皱褶里默默地劳作，默默地生息。没有抱怨，没有叹息。

　　在内地，早已进入光与电的时代。但是，在藏乡，岁月跋涉到今天，水磨还背负着沉甸甸的负荷，还是那样艰难地扭动着，还是发出那样沉重的声音，重复着对新生活的一种希冀。

　　天荒地老，水磨一刻也不曾停歇过，它太累了，太苍老了。它的心思，溪水知道，明月知道。

　　　　1988年作于日喀则年木乡，发表于《日喀则报》副刊

第四辑

雪 城

这是一座小小的雪城,小小的雪城只有城墙,没有城门。那一天,你骑着马儿踏踏而来。

轻轻一笑,你撞破了城墙。小小的雪城里,有许多双眼睛。他们不信你是天外来客,他们善良殷勤又好客,想留住马儿,留住你轻轻的笑容。

在雪城你随意流连。蓦地,又从另一堵城墙里撞了出去。从此,夏日的风总在雪城里进出。

你终于不忍,送回暗示种种。小小的雪城怎么也不能同意,唯有沉默深深,深深中风沙走来。

有一天,小小的雪城将不再悲哀,有鲜花为证,有阳光为证。

1988年作于聂拉木,发表于《日喀则报》副刊

萨 迦

萨迦仲曲河北岸，山土灰白，萨迦地名由此而来。

一切都裸露出来了，像风化了的历史，挺立着脊背。

沉思和悒郁，愤怒和抗争，偏狭和嫉妒，宽容和坦荡，独立和豪放，暴烈和动荡。一切都包含在那灰白色里了。

是因为蔑视虚伪的掩饰，才脱尽蔽身的丝裳，还是因为憎恨潮湿的霉变，才燃尽每根毛发？

你沉寂着，仍然是那么纯洁，那么素净，那么诱人，永远一尘不染！

被誉为世界第二敦煌的萨迦寺，一尊佛像，一本经书，一座寺庙，让人感受萨迦的人文魅力、文化底蕴。

四墙四柱写尽无数传奇，彰显一脉传承。"回"字形的汉式建筑，寓示着曾经的西藏政教中心。

执着地用红色象征文殊菩萨，用白色象征观音菩萨，用青色象征金刚手菩萨，涂抹花教的世界。

曾经，被封为国师、帝师，这些名号足以勾起萨迦辉煌的历史。隐藏在萨迦寺的经书墙、佛像墙、壁画墙、瓷器墙……浩繁的历史文献至今尚未整理。倘若发掘，恐怕就不是第二敦煌，而是第一萨迦了。

溪水是从雪山邀来的,难道是为了润泽你千古忠贞的爱恋?那一片纯洁,不愧为八思巴的后裔……

不信,你看,萨迦那云淡风轻的表情,仿佛再现了元代西藏的表情。他们笃信的宗教,寄托着他们纯净的灵魂,他们生活得简单却满足,这也许是品尝了人间百味,经历了大富大贵,参透了大彻大悟,才能达到的一种境界吧!

1989年作于萨迦,发表于《日喀则报》副刊

萨迦寺

雪域昔影

黑瀑布

不畏深谷危崖，你飘然落下，像女人披肩的黑波浪。

向往雷鸣虎啸，你垂直跌宕，像女人常常大悲大喜。

总有阴云纷杂笼罩，压抑着说不出的感慨。岩缝青草，悄悄转过脸，装作心不在焉；晴空流云，唱着蓝色璎珞的曲词，淡然轻蔑；枝头枭鸟，斗胆包天，竟敢对着你的壮举，雀跃聒噪……

飞流意，谁人知晓？想象你转身腾跃的一瞬，轻佻、洒脱，全然不顾。唯有暮色，如你心中起落的愁潮。

一如既往，你的嗓子发着清音，吟谷啸林，响亮又遥远；那驱马乘风疾驰的旋律，六弦琴也弹不出欢快的和弦。

临瀑抚石，问寒星冷风，黑瀑布跌落的是迢遥岁月，漫漫羁旅，还是如镰月牙，如烟往事？

万籁俱寂，只有空中挂着黑瀑布的愁影。

1990年作于林芝，发表于《诗刊》1990年第12期

红草莓

熟透的草莓,水灵灵,鲜嫩嫩,红艳艳,娇滴滴,在草原洒一地深红。

牧童的嘴唇,涂满口红;牧女的手指,染得紫红。藏家的黑牛毛帐篷,也披上了炫目的霓虹。

曾有过不甘寂寞的色彩,曾有过不甘零落的风韵,曾有过不甘雨打风吹的时光……

阳光下,你寂然逝去,步履匆匆。但不知道,是化作春泥,还是播下种子?

果藏草层,熟落泥土。酸得纯真,甜得透彻。

牧村的帐篷里,有红莓佳酿,看醉里挑灯。

1990 年作于林芝,发表于《诗刊》1990 年第 12 期

雪域昔影

藏乡山谣

藏乡山谣，攥着大把大把的火种，把荒凉寂寞的日子，激荡得滚烫，却流淌成一种温柔的乐音。

一堆篝火的四周，几张赤黑的脸，曾用山谣荡响夜空。古老的石磨，一阵又一阵地低哼慢吟；代代相传的犁铧，在泥土中锋利了千年。

藏乡山谣，就这样低调地传匿于每颗朴实的心中和每方平凡的土地里。想象蓝天和远方的树林，即使是淡漠的日子，仍浓烈如酒。

在藏乡，只要有脚印的地方，就能繁衍出山谣。一如流传千年的青稞，喂养了一代又一代藏乡人。而藏乡人像黑夜里的灯，只要生命不息，就不会停止歌唱，就会产生新的歌谣。

发表于 1991 年 8 月 30 日，青海《海东报》副刊

第五辑

雪域昔影

作者采访扎什伦布寺密宗大师俄钦·边巴活佛

藏乡生态

　　黎明沙沼寂寥，曙光在老人踽踽的脚步中蜿蜒。远方，柳影渐近。

　　这是一株无头的老柳树，锯痕斑驳，新枝仍旧惊心——那疯狂的年月，那揪心的葱郁，那被风沙淹没的老房子。

　　为它流泪的老人，总在黎明与它相默。

　　今日又有暴风雨，紫霞在天边飞腾着老人的焦虑。

　　他知道，在生命的平衡木上，太阳是支点。

　　老人与无头柳正倒悬于黄沙呼啸的天际。

　　　　　　发表于 1991 年 8 月 30 日，青海《海东报》副刊

雪域昔影

月亮高高地洒下清辉

远去的夕阳，遥遥地扯着晚归牧童的手，在晚霞的指缝间，沿着记忆的河床，抽出长长的思绪……

几行大雁列阵掠过天底，拾起了那些惊落在喜马拉雅翠谷里的红杜鹃。

一轮冰清玉洁的月，漂洗着那几片血色的浮云。扛着岁月在山谷里穿行的藏乡人，也纷纷放下季节的犁和锄耙以及藏刀。

藏家土楼里的织机声，把山月下的生灵，溶入潇潇洒洒的晚风中。

于是，藏乡人在大山温暖的怀抱里，站成风景。任凭山巅上的明月，高高地洒下清辉。

发表于1991年8月30日，青海《海东报》副刊

走进这迷离的高原

走进这迷离的高原,所有的表情都很奇异。

手想把一切撩开,脚却把脚印寻觅。

高原是个很古的枯海,经幡飘拂过重重屋脊,微笑中有青稞酒的泡沫,航船驶向另一方陆地。

陌生变得渐渐熟悉,却又唤起初识的情侣。

你要对我表演杂技,眼睛像是轮回的转椅,花朵都学会隐身术,藏起花蕊和花粉的秘密。

太阳里面没有悲剧,每颗星星都在呼吸。

你的衣衫化为目光,青翠的枞柳在夜间沐浴。

房间搭成一顶帐篷,软床上有骆驼的倒影。

发表于1991年10月31日,四川《甘孜报》副刊

雪域昔影

那个年龄段的魅力

你说过,我的感情像品味绵长的酒。

我认定你就是那酿酒人。因为,你懂我。

我们相识在一个可爱的日子里。那个地方,也很可爱。

每当那个日子来临,我会来到那个地方,写下一首怀念的情诗。悄悄地,把诗送给你。

其实,我真的不希望你今生今世能读到这些诗……

你说我喜欢沉默。那是由于我珍惜自己,更分外地珍惜别人,才保持沉默。

你问我,最喜欢做什么?

我回答,我愿和你肩并肩踏进旋律。

可惜,我们都是舞盲,从来就不曾下过舞池。

发表于1991年10月31日,四川《甘孜报》副刊

晨　笛

黄昏树下,与谁站成平行线?

只要立着,就与人平行。你变形的脸颊,挤破我的瞳孔。

黄昏挨了一刀,血,流成灿烂。

我吹着你送我的那根鹰骨短笛,你眼里便有了一幅凡·高的色彩了,我便和鹰笛一样,成了艺术品。

蛰伏时节,鹰笛吹得好凶,每个笛孔,仿佛都是透明的鹰洞。

雨季,我吹醉了那根鹰骨横笛。一夜之间,每个笛孔忽然发出鹰鸣的声音。

你躺倒在笛声里,不再言语,消瘦如水。

走进夕阳晚餐,嚼着早晨的故事,人生没有双行线,走过了还苦苦思恋。

那个早晨,总比别的日子亮。我只好把它涂上漆,不再辉煌。

许久,漆又剥落,那个早晨更亮了。

发表于 1991 年 10 月 31 日,四川《甘孜报》副刊

雪域昔影

牦牛的图腾

岁月之末,目光皈依喜马拉雅的高山牧场。噢,牦牛,我藏民族负重之灵魂!

穿透屏障与栅栏,我分明看见了你凸现在雪山上的图腾。

祖先用毕生的勤劳与智慧,描绘出如歌似画的家园,而驮重负载的淌汗之姿,是以疆域的王者风度又默然翘尾奋蹄把坎坷寂寥的高山之都,笃笃叩响。

一个部落在昏睡了如许世纪后,却挥然间在逼近山坳的光明中震醒,感悟了生命的快乐。

把你膜拜,犹如膜拜太阳。神龛是社稷河山,祭品是弯牦牛角,而黑色的牦牛背象稳妥的船,驮着悠长而粗犷的歌谣滑向富饶而贫瘠的丰腴之境……

就这样,时至今日,一部民族壮丽的史诗,河流般源远流长,而回首注视,我们惊叹的岂止是牦牛的品格,质朴、善良、耐劳。生命之强大正在于高大和蛮勇。

征程正在远处飞扬,即使命运历经千遭磨难,也为我藏民族兀自骄傲。

发表于 1991 年 11 月 29 日,青海《海东报》副刊

第五辑

神思藏乡

你沿着一条神思的路远行藏乡。

我沿着一条神思的路神往藏乡。

虽然这条路我们都很熟悉,熟悉每一片经幡,熟悉路边的裸石。

昨天黄昏那一场阵雨,还有隆隆的打雷闪电伴我们远行,强雨中没有言语,只有两条灰色的默契。

送别黄昏,你的身影不能离开我的视野,那山那水已经定格在藏乡的神思中。

此刻,窗外飞逝着一幅幅冬天的风景,也许你默默地凝视着,追寻着暮霭中我的神思,在灰蒙蒙的天空里平行地画出的一线翔迹。

于是,你最佳的视角,有我的神思作弦,构成了我们之间永恒的平面……

请不要辜负我们的友情,大草原上生长出来的那些情节,安排了我们各自的岁月。

我想,当我的神思能如一粒种子新播在我梦中的藏乡时,有一篇力作会发表在那乡间的乡情中……

发表于 1991 年 11 月 29 日,青海《海东报》副刊

萌动的季节

　　高原脱去睡袍，惺忪的目光刺破黎明。斑头雁闪着惊诧，飞向雪山的那边。

　　高原的枝头努出鹅黄小嘴，吻着烈日，吻着黄沙，吻着高原的眼睛。

　　如火的欲念。

　　炽热的情感。

　　藏家少女般诚挚的初恋。

　　斑头雁的幻影起伏在阳光里，划出深深的浪痕。

　　黑氆氇花围腰红纱巾绕来绕去，追赶着时髦追赶着新潮。

　　高原的檀香树，分娩的绿叶，纷纷扬扬。

　　粗犷的劲风。

　　强暴的骤雨。

　　高原的卡片在季节里重叠，湿湿的草原铺着稠密的花魂。

　　潮红般的占果花，飘飞在耳朵形的新叶间，昭示着蓬勃的生命。

　　伞状的藏菩提，举着紫色的花束，燃烧着高原的天宇。

　　油绿绿的白杨，生机益发，青春了高原。

　　多姿多彩的高原，多姿多彩的生命。

涂绿的目光,涂绿的灵魂,在高原游弋。

多韵的鸽群,撩拨着高原的情弦。

发表于1992年1月31日,四川《广元时报》副刊

牧民情侣

蓝蓝的躁动

高原不再平静。

蓝蓝的躁动,突破旱季而来,前方有骤起的云涛。

夜黑黝黝的。

高原雨骤然而至。

滴落的相思泪,随风而去,随阵阵雷声低吟浅唱。

蓝蓝的躁动是青春不羁的王子。

那天。那星夜。那青春的草地。

那个凉沁沁的季节。

蓝蓝的躁动,印下一路铭心的吻痕。

发表于 1992 年 1 月 31 日,四川《广元时报》副刊

边镇写意

一只船的造型，一个关于水的传说，脱离枯海驶往绿洲，驿站演绎过去，演绎今天，踏古访幽，老喇嘛就讲起这段古色古香。

建造一座石板铺就的藏式山寺，随拱翘的屋檐表现独特，表现别致。烈日的毒箭射不着她，暴雨的长鞭抽不着她，长廊是母亲宽厚的胸脯。

自然长成一株边境集镇，悬挂繁荣，悬挂富庶。夏天和冬天，音响富于节奏。早晨和夜晚，色调富于韵律。气息有如酥油茶的悠然，青稞酒的淳朴。

胸佩相机的游客，跨上船，在诗意里荡舟。

发表于 1990 年 12 月 24 日，广西《桂林日报》副刊

雪域昔影

牧村夕照

牧村夕照，是在太阳与山擦肩而过的时候。

流盼如水，盈盈欲溢，泛出粼粼波光。

静默羞赧，唰地红了黄昏的容颜，回望如此灿烂，铭刻心间，纵有千种风情，万般流韵，化作牧村的喃喃呓语。

太多的句子，水草般缠着远山，索性全把它辉煌地撒开，留着日后一点点地去风光岁月。

神游千里，回望却总是这方爱的手掌，想你那毛边月亮旁，簇一圈小脑袋，迷幻如醇，品味出阵阵桂花味儿，像碌碡亮出的那排细密密的牙齿。

叭叭叭，尝遍收获的季节，乡风熏人，贫穷的日子，已秕粒般一溜烟顺风而去。

牧村，被一茬茬夕照拉扯大了。当我在倦意中将你无意忘却，脸上，顿觉挨上了你的重重一记。

发表于1990年12月24日，广西《桂林日报》副刊

火烧云

燃烧在每一个心绪晴朗的黄昏,缝合天地之间的断痕。

野山,一代代一茬茬,兴兴衰衰,古丘新峰,废墟一片血红。

布达拉宫威武了上千年,一块块方石,至今仍痛感火焰中茫茫高原的戈壁呜咽,皑皑雪山的冰河落泪,草原年年掀起不屈的狂潮。

缕香魂,冻不死,踩不灭。从古到今,焚烟袅袅,夜色里犹见血染的军刀马鞍。

掘开天边古战场的暮棺,云中,壮士们悲壮地亦歌亦舞。天边,有一轮若有所思的太阳。

发表于 1990 年 12 月 24 日,广西《桂林日报》副刊

雪域昔影

路之雕塑

飘然而至,轻歌曼舞成小城的一种象征,生动了四季风景。

纤手仙姿,从忧郁的历史里长出,掏一串金灿灿的成熟。优美的曲线,浪漫的弧线,在昨天的沉默里,画出今天的意识,勾勒明天的意境。

那蓬蓬勃勃的枝枝丫丫,疯长成眼前开阔笔直,四通八达的脉管,任人流车流波叠浪涌,随飘带的飞曳,将旧梦的清弊流向远方。

让新的梦境,刮起八面吹来的现代风,飘然而至,成了小城的一种象征,生动了四季风景。

发表于 1990 年 12 月 24 日,广西《桂林日报》副刊

荒原之夜

那一夜，我向荒原走去，将美酒和鲜花洒向长嘶的骏马，那是在野狼躲进了夜色之后。

唱吧！跳吧！拉索！拉索！佛祖菩萨，保佑我的荒原之梦！

你日衔长刀走向蛮荒与暴戾的枯草丛。你向瞬间的死亡，黄昏凝结似硬冰般散发尸臭的安静走去。你迷离骇人，唯有偶然滑来的鸟鸣让人思念雨后的天空。

你喷洒双眸蓦地与另一双干渴的眼睛相碰，一团团欲火被你攥在手里玩来玩去。看刀！你高吼着砍落那颗头颅，柔软甜蜜的啸息开始呼唤张开的白色希望。

未愈的伤口冒着一个个阴森森的血泡。咬破你的英俊，一阵辣麻，你的两颗眼珠掉在地上，不熟的腥气溅满利刃。你哈哈大笑着去寻觅天狼星在远天流浪的踪影。

此后我梦见自己又成了一名神骑手，鸟鸣纷纷飞来，落在我的头顶。

荒原无边境，骏马也没有拴缰绳。有一位藏家姑娘，甩出乳房一样饱满的格格笑声，套住你焚烧本人的眼睛，听你那性欲满足时的呻吟，夜色很配合地如期而至。

　　那最后一点没有融化的夜色，有三只幽蓝的眼睛，倒挂在弯曲的时空之上，投掷出一团团亢奋，嗥叫于栅栏之中。你有滋有味地嗅草，内容异常丰富的头颅开成白色，花朵凋零。

　　你喝下一瓶浓烈的白酒，你嗜血成性。醉酒的太阳在你的两颊燃烧。你抬起指尖，弹火于天地之间祭祀酒神。

　　之后我梦见的是荒原的大灾难，是争食花瓣的热烈气氛，是阴谋的笑与暗算，还有野狼出现在苍穹。

　　那一天，你迷失方向，再也掉转不回马头，只把天空泡在新鲜的奶桶之中，腌出一个飘香的乳色黎明。

　　最后我梦见荒原变成一位老女人，轻轻拨动着孤独的歌喉。

　　　　　　　发表于1990年9月2日，《西藏日报》副刊

消瘦的雪山

什么都会消失,唯有你,在我心中已站成永恒的女神。

你的一举一动,在我的视野,早已描成清晰的图画。

我为你消瘦一个季节,你却在另一片天空欢乐。你不知道,有一位男人,舍弃了许多好看的风景,为等你正饮着人生的苦酒。

我以为,你是我的谜,我猜不透其中的谜底。

我只能静候,只能消瘦不止。

发表于 1990 年 11 月 10 日,云南《开远报》副刊

哦,雪盔!

雪盔里有一个世界。然而更多的是一个梦,一个童年纯真的梦。

任粗犷的风,无拘无束,梳理纷乱的思绪;任阳光透明的羽翼,托来多彩的人生。

在迷蒙的旷野,撒播爱情与友谊,收获既苦又甜的硕果。

月下温馨的花影,伴和铁马冰河之悲壮,乱云飞渡之险峰,架起慈航通渡之虹桥。

从雪盔里,惯看苇草荣枯,萧瑟秋声,凄凄霜寒,不时前来敲打幽闭的心扉。

面对巍巍喜马拉雅山,一曲浩歌,惊起长天雁阵。

雪盔依然洁白……

发表于1990年11月10日,云南《开远报》副刊

冬季里一首歌

梦里搭乘一只牛皮船,风雨中穿越你的双眸,而你一如既往,闭上眼,撞掉我树叶般的帆。

一首歌从此在山腰消失。有一天,我眺望月色,酒和黄昏从心中流过。

欲雪的日子里,路萎缩如猫,孤独于墙角,牛粪火就因此非凡起来。

偶尔观望窗外,天空触目即及,如一方寒冷风景。重温窗外的天空,心绪蠕动如高原的雁群。

想象高原的风景,就不断记起高原的冬季。

发表于 1990 年 11 月 10 日,云南《开远报》副刊

雪域昔影

去看一条河

穿过一千座峡谷，落成一千次瀑布，我始终以你为依托，走向遥远。

有歌流自心源，有泪流自心源。一种渴望，不是沉默的情感。

你浩浩荡荡地向我涌来，我不是河卵石，不是河堤柳，不是永不退却的河边沙滩。

就这样，我成了你胸上的一叶经幡，一角风帆。你向天边流，我向天边走，咱们同路，我是你的装饰，你的炫耀。

愿我重新乘坐一只牛皮船，渡过一条河。

扯一角五彩经幡挂在河畔，呼啦啦像旗帜，一样的忠诚，一样的眷恋，一样的伴你跨越险关……

这才是你我应有的形象，鼓满风帆的牛皮船。

发表于1990年11月22日，四川《甘孜报》副刊

佛铃声

旋律清甜,像簇簇摇曳的含羞花,置身于蓝天白云之下,沐浴着另一世界的光照。

有白羽纷纷扬扬,有初绽的灯火找寻幻象,有暗自清瘦的颤音,为芳草季节铺展云海林涛。

忍不禁摘一朵玲珑夕阳,你独自醉月。

佛铃已铜锈斑驳,响着古老的神韵;节奏已老态龙钟,内蕴心弦的颤音。

璀璨如玉。沉静时,是寂寞生活的瑰英。

清音似磬。激动时,是火热生活的奏鸣。

清丽流畅的旋律,珠落玉盘的清韵———

有喇嘛摇动的轻柔,有野风吹动的深沉,有感召朝佛者寄托的炽热激情。

佛铃悠悠响起,远天的心翅正自由飞翔,等待着战栗的一刻,灵魂已渗透永远的滔韵。

发表于 1990 年 11 月 22 日,四川《甘孜报》副刊

藏边远风景

不说山光水色里波动的情趣,不说密林深处离奇的意境。
夜,默默地洒落,像诗……
读你的沉醉,读星的柔美、静态,分泌出混浊的心思。
走出关闭的心巷,把思绪凝固了,抛向绿茵茵的草原。
醉饮梦的甜美,那蓝色的相思,属于纯真。
希望和失意揉成一种藏边远风景。

发表于1991年1月5日,吉林《白城日报》副刊

第五辑

藏边近风景

你的微笑在九月的天空下开放,有鸟掠过淡蓝色的天空,我不想成为栖息的树。

蓝色的风景越来越近,我兀立窗前,读你黄昏的牧歌。

青草园依然留下粉红的回忆,我只想隔着画家的笔墨观赏另一种意境。

在一个洒满露珠的清晨,藤蔓上生长的情节,早已爬满你昨夜的梦旅。

如果你不再有秋天的雨季、如火如荼的严寒,我会修正关于你身后的故事。

发表于 1991 年 1 月 5 日,吉林《白城日报》副刊

雪域昔影

草原绿恋

走近你，我的世界变成了深绿色。

你的幽深宽广，唤起我的无数思恋，都融入你如海的深渊。

你的平静似乎为着一场感情，风暴刚刚席卷过。

海洋有潮汐。日月有潮汐。

在我的眼里，涨潮的是你。你深绿色的芬芳，随境入梦。

复活的世纪风和远古的图腾，刀耕火种般地走过你的检阅台。

而今，只闻阵阵花香，我痴痴迷迷。

鸽哨般的小夜曲，在你的腹地里，在我的方格稿笺里。我的草原，我的深绿色的琴弦，我满怀的思恋，吐不完，诉不尽……

发表于 1991 年 1 月 5 日，吉林《白城日报》副刊

牦牛，奔的精灵

天空的苍茫和草原的辽阔铸成的精灵。

从云雾的深处，从草原的背后，从想象不到的远方奔突而来。

日和月从角上穿梭而过，风和云漫过远远的蹄印。

奔高山牧场，奔雪山冰峰，奔沟壑旷野，奔荆棘灌丛，奔江河湖泊……

奔出厌炎喜寒、厌低喜高的独特习性！

草原勾出一条又一条新奇的花纹，逶迤为一根根深刻的思索，撒下的蹄印渗着浅褐的血。

奔蛮荒为草场，奔雪山为绿舟，抛却贫瘠、饥馑、荒凉、落后……

奔出崭新、富饶、安宁，奔出比草原还宽阔的未来……

发表于1991年1月5日，吉林《白城日报》副刊

雪域昔影

驮盐道

无论雪山还是草原,在高原,盐和茶,注释尽道路的全部意义。

驮盐的藏家汉子上路了,与一只苍鹰相伴,牦牛和羊群被鞭子与吆喝声驱赶。

岁月被踩得碎碎的,驮盐道上洒落些许暗红的茶叶和晶莹的盐粒。

帐篷驮在牦牛背上,还有,糌粑、青稞酒和风干生羊肉,以及那夜色里篝火通红的梦。

驮盐调在驮盐道上飞扬,调子悠远而粗糙,像手中的鞭子,像脚下的驮盐道……

发表于1990年11月10日,《拉萨晚报》副刊

古烽火台

不知起于何时终于何时,长满青苔的光阴堆积着沉重的情绪。

刹那间一道葱绿的闪电,撕裂了古烽火台那残破而阴郁的目光,迸裂成碎片。

烽火台残墟,依然如虎蹲伏,断壁残垣,依然直立如狮,那栖息在烽火台顶端的黑鸦,抖身如鹏。

黑色的钟声被柔软的生命撞响,散射无数条金色的芒刺。飞起。跌下。沉寂。宣告生命在分分秒秒之间,都有永恒之门。

摇曳曾经的战火狼烟,烽火台满地红光。舞蹈如烂漫山花灿灿开遍,迎来满天星星烁烁闪闪。

生命本没有翅膀,鲜血本没有声响。

藏蓝色的音乐在长袖间飘荡,洁白的胴体,朝霞般的色釉从此流淌,染红了一片河山。

烽火台,在历史的惊呼中倒了,却永存在守台将士们灼热的胸膛。

烽火台,在战火的潮汐中淹没了,却复活在艺术的神奇之中。

轻叩一声叮铃,有遥远的叹息,有慰藉的欢欣。

风风雨雨，土坯黑泥与紫红褐石组成的粗犷、善良与柔情的清纯交织。

一座古烽火台以绚丽的毁灭，将战争烟云的记忆，浓缩得悲壮艳美。

发表于1990年《西藏公安》杂志第五期

江孜宗山抗英遗址

抗英炮台

　　终于，还留下那么一点残墟，没有被推倒夷平，挺立在这里，很久了。

　　挺立得太久，成为赤裸的山头的一部分，赤裸的断壁，像先辈赤裸的灵魂。

　　辉煌，已成为历史。风景，也变成铅灰色。断墙，残壁，伴萋萋荒草，像一片挥之不散的历史愁云。

　　历史，不需要修饰，更不收受贿赂。虽然，太阳每天都照耀着这片残墟，却无法镀亮它痛苦的命运。

　　不要再去改变这一切，修复的仅是虚伪的尊严。那残墟，同样是一座无法重塑的纪念碑。

　　把历史，交给今天的人们，也交给未来的人们……

　　对历史的任何掩饰和修改，都是对历史的亵渎。

发表于1990年《西藏公安》杂志第五期

冬牧曲

狂放不羁的风沙，披头散发地闯进草原。

啸声如潮，蹄音如瀑。

髻鬃骏马，飞尾曳轮旭日，毅然升上大山的额头！

颤抖，惊悸——

鹰鸣坠入悬崖，溅开谷底一条冰河。一弯彩虹，在马背上自信地摇。

飘飘欲仙的牧羊女，在灰蒙蒙的五线谱上，悠悠轻点柔指般的牧鞭，痴情地弹奏琴弦。

几多胖乎乎的音符，汇成跌宕撒欢的音流，在峰谷间时涨时落……

憨厚的雪山，再也裹不住多情的骚动。一位成熟的女性，走向辽远的牧场。

蓝空里，久久荡漾着牧歌……

发表于《走出大沼泽》，1990年卷哈尔滨出版社

晨 星

露珠因为失落而痛苦,伏在刺马草的肩上。

匆匆而去的风,没有将记忆,向紫檀树诉说。

牧人很贪婪,催促牧狗,捕落昨夜遗失在草尖上的珠宝。

牧村醒了,扬几缕蓝蓝的炊烟,擦拭梦中那颗最美的音符。

追寻了几个世纪,为了一颗星。也许,不仅仅如此。

发表于《走出大沼泽》,1990年卷哈尔滨出版社

雪域昔影

迁徙者

南归的候鸟在长空中轻轻一鸣,大地上留下了永远的身影。

既然执意去寻找温暖,无需理会遥远的征程,只是你走得太匆忙太匆忙了,我怎好用一杯薄酒为你饯行。

你的翅膀驮着季节变幻,装饰着一路上风餐露宿的风景。当你的队伍在风雨中排成了"一"字,所有藏家窗台的盆景开始凋零。

谁都懂得那个季节为什么驮在你的翼上,可现在谁也说不清,秋天的热情已被风雨熄灭,那柳林深处燃烧的只是冰冷。

你飞走了,留给还在高原的我们,是一个季节的等待,等待是期望也是幸福。

发表于1991年2月24日,《西藏日报》副刊

哦，高原！

一万支笔写不尽高原的粗山犷水。

一万支歌唱不尽高原的瑰异风情。

高原的历史故事如成串成串的珍珠，悬挂在藏乡小村或遐迩闻名的布达拉宫。

即使你生在高原，长在高原，你也愿时时聆听高原的音韵，也会一次又一次贪婪地啜饮着高原的风景，并且醉倒在高原风姿绰约的怀抱，任那慈母般的温馨的纤手轻抚，然后构思那一个个美丽而神奇的梦境。

在高原的怀抱里，你无时无刻不感受到她激动难捺的心跳，无时无刻不感受到她浑身洋溢的青春气息。

面对高原阔绰而蓬勃的活力，衰老的思想会萌生新芽，皱褶的情绪会绽露微笑，灰暗的生命会升起新的太阳。

高原是古老风情耀眼的高原！

高原是现代新曲生辉的高原！

发表于 1991 年 7 月 14 日，《西藏日报》副刊

雪域昔影

莽原丛林

无边的莽原,吹起悦耳的鹰笛。

枝枝叶叶,飘飘拂拂,是在向我打招呼么?

我喜出望外,立即跳着蹦着,挥着手与它们呼应。穿过喜马拉雅雪山,南麓那密密的丛林像一缕清风,追着含翠的树梢唱歌。

夜莺声脆。轻盈的乳纱,悄悄地遮着你,也柔情地抚摸着我。我几乎屏住呼吸,窥视着夜幕下蠢蠢欲动的野物。

那如泣如诉的风啸声,是你在呼唤我么?

不用那么大声地吼,我听见了,温柔一点,好吗?

我愿变一束小小的篝火,燃烧着,免得那凶悍的野兽窜来。我希望躲在你的阴荫下窃笑,免得它们踩乱我瘦瘦的花影,惊动你情意深深的甜梦。

夜深沉了,莽原丛林里一片沉寂,滋生着无边的眷恋。此刻,我愿做一只流萤,给夜幕点一盏不熄的灯,守护在你身边,流动巡逻,直等饮醉的太阳挂起爱的彩旗……

发表于1991年7月14日,《西藏日报》副刊

纯　情

站在喜马拉雅山脊，向远方放飞一只风筝，那是什么感受？

思绪在这里随微风轻摆的舞步而晃动，在年轮的微波里，心跌宕成无数的涟漪。

山脊上光秃秃的，但生活的四季在这里开满了花朵，一些凋零一些又开放，迎着风呼啦啦响。用每一种爱砌叠而成的生命的台阶上，每一片经幡的落叶，都曾是一首清丽隽永的诗句，沿不断延伸的生活之路飘扬传说、民歌、故事……这是纯情如梦吗？

童年的叶笛声经常在我高原跋涉的日子里响起，风的姿势席卷起我的青春。当羞涩的心愿被岁月纠缠成一种渴望时，焦虑的音符幻化成一片风景。我是一首情思悠长的夜曲，于月夜梦境中呼唤那久已掩埋的心事。这难道是纯情如风吗？

不知何时，纯情已让位给岁月，所有失意的往事都被涂抹成一种沉思。面对黄昏的每一声轻笑弥漫童稚未尽的心房，我才真正领悟到，纯情是宝！

发表于 1991 年 7 月 14 日，《西藏日报》副刊

蓝 烟

霞光里,像一匹匹柔软的彩缎。

雨雾中,像一朵朵升起的白帆。

牧村里飘起的缕缕蓝烟,依偎在轻风里,亲昵而缠绵。

蓝烟捧起了酥油茶的香味,也兜挽着一阵阵青稞酒的甘甜。

柔美的画幅,梦一般温馨。

背景是:蔚蓝的天空,开花的草原。

发表于 1990 年 10 月 24 日,甘肃《陇东报》副刊

黑　隼

窗口凝绿成雨帘。

黑隼的鼾声,是多梦的诱惑。残酷。

倚落日的光环,以一种消瘦的姿势,啸翔。带来最后的疲惫。

火镰歹视着黑夜,时间的纤绳,被疯狂地抓紧。

于是,盘旋的黑隼,以凝止的翅膀,驮着说唱格萨尔未续的史诗,向精装的高原,猝然逼近。

乌云勾结黑翅膀,一片荫凉。

　　　　　　发表于 1990 年 8 月 4 日,四川《甘孜报》副刊

雪 域 昔 影

古道之歌

一个陈旧的故事如曲蛇般被编织成一段迪斯科，铿锵在长安街到日光城缥缥缈缈的舞厅里。

坑洼不平的古驿道还镌刻着役夫们不轻弹的眼泪么？已不再鲜亮的驿站还是那么焦急地倾斜着么？

白日里汽车的追逐喧腾着当今高原的富足，夜晚喇叭的鸣叫燃烧成闪烁的路灯……

晨风摇曳羞涩的朝霞，温暖着沿途磕长头者的脚步，爱抚着洁白的鸽群，也年青着那条黑亮亮的飘带。

如你一般陈旧的岁月里，又诞生了一个黑亮亮的梦，一条黑乌色的长蛇。

一串没有阴云的欢笑扩散在你的胸膛，一片薄薄的绿琉璃跳跃着对你发出邀请。

一只手演奏着牦牛背上的旋律，你曾被尊为唐蕃古道。

发表于 1990 年 7 月 31 日，云南《大理报》副刊

吉隆沟①醉秋

漫漫草原,喝醉了珠穆朗玛峰送来的青稞酒。金风送爽,沿曲径通向深幽。枝摇叶舞,似嫦娥舒动长袖,人在画中走。

清澈雪溪水,潺潺向东流。

翠竹摇曳,雪松挺立,香樟如卫士。

云缠雾绕,恰似藏姑面含羞,百鸟做导游。

茫茫冰川,筑就翡翠楼。冰瀑冰湖,冰洞冰梯通冰宫,冰拱冰菇,冰峰冰人猎冰兽⋯

高处不胜寒,美景不胜收。

南麓沟底溪畔,有藏姑浣衣,艳阳溢彩,幽谷驼铃声悠悠。

看红装素裹,珠峰巍峨俊秀,吉隆沟四季如春。

发表于1990年9月24日,广西《桂林日报》副刊

---

①吉隆沟,位于喜马拉雅山南麓,珠穆朗玛峰西侧,与尼泊尔接壤,山沟风景秀丽,为国家级自然保护区,也是极佳的旅游观光区。

雪域昔影

荒原电火

云水间，映出虹色的珊瑚枝，舞着波曲的金丝线。
灰云。鸟云。显出浪涛的层次，镶上彩亮的花边。
萤绿、花紫、旗红、海蓝……
穿破云雾的厚墙，戳透天厅的壕堑。
似长鞭，直抽上凌霄宝殿。
壮影，又似长剑刺铁甲，苇刃扭弯……
亮了地角天边，千姿百态，璀璨。
惋惜，它的生命短暂，只在眨眼间。
促急，更显宝贵，胜过蒙昧的许多年……
掣闪，是风云变时的酝酿，是电火相碰的必然。

发表于 1990 年 9 月 15 日，西藏《日喀则报》副刊

垦荒曲

用犁头，弹响古琴的键格。古朴的藏音，有节奏地震撼着大地。

用牛鞭，抽响牛颈下的铃铛。

清脆的叮当声，荡起黎明的炊烟，荡出一个火红火红的太阳。

一个纯朴的音质，从荒地中耕出。

汗水灌满了一行行朴实的足迹。

良田，从牛蹄下吐出……

发表于 1990 辛 9 月 15 日，西藏《日喀则报》副刊

雪域昔影

高原恋

我醉了？不过是一碗青稞酒，我就醉了。我兴奋，说不出理由的兴奋。

给我一片绿叶吧！

我听到自己的灵魂在呐喊，在离开你的许多时日里，我常常独自跑到那险峭的脊梁上伫立，或在覆盖浓荫的林间寻觅，为一片失去的绿叶，像在八月的草原上寻觅失落的梦，那才是我真正兴奋的时候。

我的生活里并不缺少什么，但有一种难以填饱的饥渴。在静悄悄的深夜，我一个人走过寂闷的长街，西风拂过发梢，或坐在窗前，云里雾里，便飘然而去！这时候，树叶黄了，雁阵叫彻长空，清溪里投下白云的影子，门前的柏油路上，波光粼粼，一声鹰笛悠扬。

在我的口袋里，依然躺着一颗蓝色的松耳石，在许多的丢弃中，我不曾丢弃这颗松耳石。别人怎能知道这颗松耳石呢？它上面粘着高原的紫外线，我生命的根也深植在那蓝色的松耳石的纹络里。于是，它随时被我捏在手心里，不停地揉搓，那颗松耳石又滑又溜。我时常把它攥在手心里，仿佛像珍贵的珠宝，怕它被人偷去似的。

这里没有绿叶,我知道。

我可能真的醉了。沉浸是可怜的愚蠢,这我也知道。但不由自主,那天我还要去寻觅的。

你也高兴吗?笑吧!

发表于 1990 年 8 月 24 日,河南《开封日报》副刊

迥巴藏戏节

根 吟

真的被埋没了吗?

你的期冀,你的憧憬,你的生命的火花,你的炽热的爱情……

为了让每一片青翠的绿叶,都不枯萎;为了让每株绿色的生命,浓荫覆盖,你默默地藏在地下,化作大地的一条条脉管,一根根神经……

叶片上,挂着你发光的诗句;枝干里,流动着你动情的歌吟;空气间,传递着叶绿素的信息;生活中,燃烧着你散放出来的痴情……

你藏而不露胜于露,你寂而无声胜有声。

哦,绝非一切光泽、色彩、声音,都在显露的部分。埋在地下的,一样强烈、纯真!

发表于1990年9月6日,辽宁《沈阳晚报》副刊

赴藏十周年致同学

没有一种过程,能把一段情节重复。一个秋日的早晨,在小城的十字路口,我们相聚,诉说天高地远,想象日落月升。

人在高原,心就会随着纷繁的世界起伏波动,或许会有片刻的宁静,也是生命中不能承受的寂寞。

远山起伏着古老的情绪,近景动荡着不灭的激情。我们来时年青,如今也还不老。人在高原,无法摆脱对家园的魂牵梦萦。

任凭风竖起一头黑发,岁月却夹杂了些许花白;任凭雨铺就一路泥泞,坎坷却磨砺出剑的锋芒。人在高原,没有什么可以抱怨,对一种选择,要承担生命的始始终终。

人不到高原,不足以谈风雨世面。自古英雄多磨难,从来纨绔少伟男!不知然否?

发表于 1990 年 9 月 28 日,云南《开远报》副刊

妩媚的夏尔巴姑娘

第六辑

雪域昔影

作者乘直升机飞赴那曲雪灾第一线

藏乡风俗

古老的藏乡人,习惯在村头那棵老檀香树下祈祷。

太阳光艳浓烈的背后,却飘不出直直的炊烟。苦难,仍然扭曲扇扇门窗。

于是,每年每年,淳朴和虔诚便成了藏乡风俗。

如今同样古老的藏乡人,挥舞牧鞭,经过一天草原驰骋之后,檀香树下,山歌声伴随着诵经声,还有立体声伴奏,回荡于静静的藏乡人梦的田野里。

藏乡人的意识慢慢蜕变了,沉甸甸的富足荡满沉甸甸的村落。

藏乡,像一艘古老的舟船,沿着那条繁闹的轨道,终于驶进了时代的新港。

发表于 1990 年 9 月 28 日,云南《开远报》副刊

雪域昔影

戈壁的记忆

戈壁使人联想到古战场。历史的尘埃肥沃了荒凉的土地。

戈壁,滋生记忆,也埋葬记忆。

在没有青苔的戈壁上,能镂刻什么古迹!

这儿的一切都暴露而坦荡。

天地孕育生命,也孕育死亡!太阳昭示着大地,谎言和虚伪在这里将被剥去外衣!

朝晖夕照,驼铃悠悠;枯石衰草,形影相吊。戈壁的一切令人敬畏,它的肃穆,令人凝眸、振奋。戈壁的画面页页在荒凉中重映。寂寞一幕幕掠来,又隐去。

朝晖里,记忆能否泛出新绿?!

远远地,戈壁沐浴在夕阳里,记忆藏在戈壁里……

发表于1990年9月28日,云南《开远报》副刊

双湖女

泪水是日子撞碎的波纹,分不清是雨水还是汗水,从脸颊滴落,打湿黑云般沉闷的心。

双胡女,乳汁湮湿了一片土地,土地上芳草萋萋。于是,流失的岁月,升起另一种风景。

年年月月,月月年年。

双湖女走出帐篷,绕着草原上一束束淡淡的故事,把它拆下来搓洗。

暴洪过后,她揣着一颗蹉跎的心音,翻开锈迹斑斑的往事。

串串忧伤,串串孤独。

不管什么时节,寂寞也逃不出感情的沙漠。

秋风秋雨,缝出一个辛酸苦涩的忠贞。

发表于 1990 年 9 月 28 日,云南《开远报》副刊

雪　猎

在草原上最美的事是下一场雪，这时候草原上的黄羊、野兔，就成了一种向往。

于是，草原上留下深深浅浅的蹄印，一直延伸到牧村。

于是，草原上的牧民一齐出动，长长短短的声音，在银地毯上回荡。

于是，牧人的妻子在黑牛毛帐篷里生起了牛粪火，迎在黑帐篷门口。

于是，牧人会满载而归。身后的猎狗，望着牧人的妻子，自豪地摇起了尾巴。

于是，那牛粪火的气味，携带着烤熟的野味，就使黑牛毛帐篷里充满奇香，牧人会满意地含笑看着吃野味的孩子和妻子。

每当这个时候，牧人会甜滋滋地从腰间摸出鼻烟壶，吸一撮鼻烟。然后将草原雪猎的故事一支一支点燃，给孩子和妻子那喷香的野味里，再增加一味调料。

发表于1990年10月20日，《拉萨晚报》副刊

牧 人

松开香甜的梦,含着笑爬出温暖的帐篷。

乘一片白色的流云,将羊群撒满丰腴的草原。

羊群呼叫着从草尖踏过,足音把一串透明的露珠惊落。去远方寻觅那块中意的草地,鹰笛奏一曲优美的牧歌。

晨风到这儿收住脚步,阳光为这吉祥的时光吟哦。搁下心爱的鹰笛吧,让吃醉的羊群静静地安卧。

晚霞拽住雪山的衣角,山风掏走草原的牧歌,一串鞭花在羊角上怒放,草原尽头流来一条滚动的银河……

发表于1990年10月20日,《拉萨晚报》副刊

雪域昔影

吉祥雪山

喜马拉雅山从来没有病过，喜马拉雅山的血液是白的。喜马拉雅山也被称为吉祥雪山。

曾经，吉祥雪山流出过很多动人的歌，那水流得很久很久，那歌飘得很远很远。有一天，吉祥雪山感到累了，便停留在一片风景树上，成了西藏高原上一个个透明玲珑的故事流传至今。

于是，吉祥雪山决定不飘了，从此一直站在美丽的世界屋脊上，把目光放牧得很远很远，把青春喂养得很靓很靓。看珠穆朗玛峰漂洋过海地宣扬自己，看南麓那片雪山深谷中的青葱翠绿，有很多鸟飞来，有很多游客睁着好奇的眼睛……

山涧有经轮摇动，经幡飘扬在山顶，天空很低，云雾在山腰扎下了根。

吉祥雪山感到寂寞孤独，唤回出走了许多年的灵魂，重新组合起一种不合时髦的完整。

吉祥雪山已没有别的东西了，告诉已成风的草原，吉祥雪山还有像风的灵魂……

发表于1990年11月20日，《日喀则报》副刊

褐色的季节

褐色的处女地袒露着青春期神秘的诱惑。它神情忧郁地默默燃烧，燃烧成褐色的季节。

面对一泓碧水，苍天也无法阻隔秋雪的降落，如同无法阻隔海潮，一浪浪卷推，波涛骄傲地叠起。挟一叶五色帆在晚霞的沉沦中作一次长途孤旅。

那晚你回眸西海，凝固的脚印站出地层漫漫的余温。草原如茵，苍鹰孤傲地侧身而过，月亮悄悄升起在树梢上，熬成一片灰蒙蒙的暮色，走出柳树林绿色的肌肤。

牧人感到温暖如酥油灯般的抚摸。轻轻流淌的梦，寂寞而顽强地再现。仰望黑牛毛帐篷柱头悬挂的兽皮，在夕照中淌出一摊猩红。

青稞穗在季节的背影里悄悄地黄梢了。琥珀似的打麦场徘徊在河那边。有一只狼大胆地走出山来，对着野村驻足观望，头上沾满了油菜花粉。

那千年不化的冰川还在吗？那袅袅飞升的炊烟还在吗？那牛粪火淡淡的温热还在吗？那洁白色的粉墙还在吗？那弯弯的旋柳林还在吗……

褐色的季节静静地缄默着谜底。

雪域昔影

篱笆门睁大了眼睛，枯草打开了折断的翅膀。沿着山路一级级砌就的思念，汩汩而来的是一股股暖暖的温馨。随随便便地把手搁在岩石上，吸一根香烟，然后悄悄溜走在晨昏中。

没有听到蟋蟀在墙根下的细语。

发表于1990年11月20日，《日喀则报》副刊

提炼酥油

236

野檀香林

野檀香林,青翠、苍郁,馨香沁肺,覆盖着藏家夏日浓浓的童话。

藏姑在野林寻觅昨夜低诉的流萤,顽童在野林期盼清晨稀疏的星星,老妪在野林祈祷明媚阳光的回声。

风儿走近,你放开清亮的喉音,跳一曲热烈的踢踏舞;燕子飞来,你展开那方绿头巾;野兔撞入,你打开那扇挂满常青藤的小窗;流星坠入,你浸润那光洁如玉的绿色生命……

僻,不引人注目。

野,不惹人眼红。

荒,不受世俗羁绊……

你是绿色的星座,你是珍藏的明眸,你是一方没有被污染的天空。

发表于1990年11月20日,《日喀则报》副刊

雪域昔影

西海情

在干枯的西海底静静地浮游。

海藻和柔情都已疲惫，爬不上象征的岸。

膨胀的海岸很孤独，有一只鸟无处歇足。

凄清的藤在海底缠绕，是梦，非梦。

你说你干涸了几个世纪，礁缝里钻满记忆。

你说你透明了几个世纪，蔚蓝色属于永恒。

没有连绵雨，涉渡深深浅浅的海谷。深处有微微的叹息，浅处有岩礁一般的沉默。

握住你冰凉的感觉，投影拍照。

踏着你许诺的情绪，追随如血的潮。

此时，海岚漫漫，海野沉沉……

发表于 1990 年 11 月 8 日，《淮安报》副刊

高原絮语

这是一片空白,犹如刚刚顶裂胚皮的幼芽,如此稚嫩。

这是一片贫瘠的荒凉,一个离奇的世界,一个发着阴光的月亮。

这是一片陌生的神秘……

这里渴求温煦的发有红光的太阳,还有涓涓的流水,甘甜的乳汁……

这里渴求春天的佳景,夏日的暴雨,秋时的硕果,冬季的风雪……

这里渴求得太多,缺少得太多。

请张开拥有一切的双手,帮助它,追赶太阳,追赶白云,追赶那失去的机遇,追赶那失去的一切。

一切,这里似乎都应该拥有。

发表于 1990 年 11 月 8 日,《淮安报》副刊

雪域昔影

在藏南谷地

一片潮汐,一朵晚云,有欢乐,有痛苦,有悲戚。

刻在藏南谷地上的历史,是一首站立着的诗。

群峰肃立,横亘在藏南古老的谷地,高昂的头颅,支撑着天空。

云,在脚底;鹰,在脚底。

山巅有冰雪,石头里有火,无论叱咤风云,或者铁一般沉寂,它总是澄澈的。

在这里,任何地方,都有生命存在,甚至在梦里。

没有任何地方,比这里更纯洁,更深刻,更勇敢,更美丽。

太阳在这里自由地生活。

花朵在这里自由地开放。

发表于 1990 年 10 月 23 日,《大理报》副刊

拥抱高原

既然注定你必须走进我生活的风景，走进我的记忆；既然早晨清亮的露珠没能湿润你龟裂的创伤；既然黄昏鲜红的泪滴没能染就你洁白的想象……

苍蓝的天上总有一丝微微的风，那不是固执伴随着你的我，那是昨天我们共唱的那支歌的尾音的回旋。

灰褐色的地上总有一缕淡淡的香，那不是我在为你祷告，那是我曾灿烂的青春，有芬芳的微笑。

既然天地间曾有你我；既然天涯伴着海角；既然我会为你永悬五彩的丝带……

那么，高原，我们拥抱吧！

发表于 1990 年 10 月 23 日，《大理报》副刊

雪域昔影

藏家人的性格

黑褐色的淳朴中萌生的灵魂，生就硬邦邦的倔强，满腔炽热的爱，粗犷而执着的刚烈，以及祖先遗传的信念，都伏于草原雪山。

将最古老最深重的赤诚种下，并让它开出血一般鲜红的花。富有的是雪山，殷实的是草原；富有和殷实播种出冷静的思索，贫穷和饥饿筑成了庄严的沉默……

汗水和泪水浸泡着淡淡的微笑，草原和雪山思索着筑成纯正的诗行。

脊梁背着沉重的锁链，套上毛驴车，拖着千百年的宠辱和希望，从未停过脚步。哪怕脚窝里淌满鲜红的血。

血，滚烫了土地；火，燃起期冀，焚毁卑微和贫困。

草原上，有父兄在放牧。面对他们，我把洁白的稿纸，铺得更平。

发表于1991年1月19日，《西藏青年报》副刊

秋夜雨

夕阳，隐没了脸。晚霞，映红了天。牛羊，纷纷归栏。牧村，升起炊烟。

坐在帐篷里，听草叶拨弄秋雨的琴弦。优美的旋律，织进轻柔的夜幕。魂儿，驾着雨点，飘到梦的边缘……

像秋雨举行欢乐的晚会，像草叶诉说金色的梦幻，像虫莺在低唱恋歌，像藏家阿妈啦的柔声催眠……

牧村已经熟睡，篝火闪在遥远的天边，优美的旋律伴游丝飘进梦乡，浓粗的鼾声恬静而香甜。

那是谁，踏着警惕的脚步，怀着对祖国炽烈的情感，巡逻在草原尽头的边境线，那脚步声化入安谧的夜雨声……

发表于1990年11月8日，《甘孜报》副刊

绿宝石草地

这是一块年轻的土地,站在它的脚下,就有千万个雄心壮志。

这是一块富饶的土地,一块像绿宝石般的草原。立在它的身边,一年四季就没有空空的等待。

当我看到一座座黑牛毛帐篷,一张张紫外线晒黑的辛苦的笑脸,生活在绿草地上,就产生许多敬佩和骄傲。

这是一块水晶一样透明的土地,她所拥有的财富,就是生活在这块草地上的牧民。

握住她的手,跟随她走向远方。

发表于1990年11月8日,《甘孜报》副刊

月夜湖畔

蓝幽幽的湖畔，飘着轻飘飘的牛皮船，保持着内心世界的丰满。

晚风习习，野鸭呢喃，呢喃着波光月影的迷乱。

一位船夫，驾着一叶牛皮船在湖心款款徘徊。夜色，被徘徊成如歌行板。

桨声，水声，从烟水梦幻中飘出，结出金橘，挂在苍穹河汉。

这景，不断地诱发星星，想象奢侈的空间。

远近，所有银辉的毛细血管，都在充血，扩张，疾射欲望的闪电。

船夫，游上了湖心岛，体味世界的本原。

发表于 1990 年 11 月 8 日，《甘孜报》副刊

遥远的月色

  我守护着你,守护着满满的月亮。风绕着牧村,缓缓穿透雾纱。

  静谧,像袅袅婷婷的少女,在秋日无言地等待遥远的他。

  除非你告诉我,爱的只是我一个。

  草原,云多雾也多,慢慢地延伸。

  在这生生世世都一个模样的月色下,那最亲切最熟悉的生命色,还会铺向远方,铺满那片芳香的草原。还有,那条绣花的草原小路。

  柔柔。盈盈。

  那无边无际的绿,终于成景凝情,挂在遥远的天边。

发表于1990年11月8日,《甘孜报》副刊

沐浴节

藏装和筒靴,打扮着藏家窈窕而多彩的夏天。夏天的彩霞,点燃了藏家玫瑰色的黄昏。

雅鲁藏布江边的裸浴,安详而恬静。涟漪像唱片上的细密皱纹,一圈圈播放出芬芳、馥郁。沐浴节里,江畔流动着青春的躁动……

藏姑用舞蹈般的动作,踩洗着脚下的氆氇,洗洁一年的乡恋和梦幻。藏毯像缤纷的花朵,碎成瓣瓣朦胧的诗意,构成一幅幅鲜亮多彩的世界地图。燕子不理,佯装着什么也没有看见,擦过水面,掠过树梢,双双对对,群群伙伙,上下翻飞,在河边追逐嬉戏。江里的斑头雁、黄头鸭也不甘寂寞,扯起尖尖的嗓门,在摇滚灯般流动的霞光下,摇头甩尾,得意扬扬地自愿充当合唱演员,把配角表演得淋漓尽致。柳树林和野檀香林的枝叶,摩擦着婆娑调情,悄悄地偷笑,笑得抬不起沉重的头。寺庙飞檐角下风铃,却不介入紧裹炊烟,自顾在绿色的青稞穗上颤颤打滚。

沐浴节里,藏家人平躺在江边的沙滩上,闭上眼睛,赤裸裸的,像走进了贝多芬的夏天小夜曲。

伴着轻柔缠绵的音乐,在举行裸展么?

雪域昔影

沐浴阳光，沐浴江水，蕴含着笑。哦，一个放松身心和灵魂的节日！

发表于1992年3月3日，《长江日报》副刊

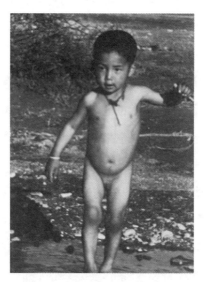

沐浴节里的藏族儿童

雪域相思

思念的黄昏拾级漫上，把一字形的雁声拉成强弓。

射出一翎思念，射古城宫殿的黄昏，凝成眼角滴滴苦涩的情绪。

浊泪在弯曲的目光上，遥远地流成故乡的河。寺檐飞翘的风铃声，默默溅起心底的层层浪花。

终于纸背哽咽无声，一圈失去的岁月，夜夜聆听，很固执地在季节刮过，只发出一种声音。

是思念，也是乡情。

冥冥的心头，结满一颗圆熟了的藏豌豆，年年月月，柔蔓越扯越长。

下雨了，一只美丽的燕子，从低矮的窗前飞过，落花时节的啼唤，一声声，把对雪域的思念，唱成丝丝细柳。

河对岸那片藏豌豆地里，日日夜夜，有多少相思情愁。

月白清风里，仰问昊天星河，那北去的雁阵，知否？！

发表于 1991 年 6 月 6 日，《农民日报》副刊

雅鲁藏布江大拐弯

一股强劲的力量,被山峡扼制住了。

或激石,或溅花。只有当世界挤成了一条缝,才会爆发出如此强的竞争力。所有的散漫懒惰,往往是有更开阔的地带做背景。

大拐弯给江水装上一台加速器。

当然,如果两岸的峭壁不是优秀的岩石所铸就,江流的锋芒也不是泥捏豆制的。

雅鲁藏布江大拐弯的形态,迫使江流不会生锈,不会缺口。当然,更不会阻塞,不会滞流。

由此我想到了高原这块原始古老而神秘的土地,是否也应该有个大拐弯……

发表于 1990 年 11 月 2 日,《安阳日报》副刊

第六辑

冷色调的风景

枯叶奏响季节的尾声，秋霜开始塑造冷色调的风景。

瞩望如草原渐渐空荡起来，影子又重陷入蹒跚和维艰。

不再沉浸于绿色的诱惑，走向草原那冷色调的季节。

昨天是雨季，妻女的泪如淅淅沥沥的音乐，将草原的执着，果断地淋得缠缠绵绵。

隐约听见枯草的呼唤了，隐约听见风雪的歌声了，不再困惑于花的馨香。

踏过冷漠，踏过萧条，踏过严寒的叹息，升起无生命的白帆。

那冷色调的风景，其实蕴含着热烈……

发表于 1990 年 12 月 22 日，《西藏青年报》副刊

雪　溪

你有过汹涌的时候，像藏家男子汉般展示着伟岸。

你的目光曾是那样坦荡无羁，以征服人心的魄力，博得异性的青睐，并愿委身于你，听凭你对她的任意摆布。

于是，你便成了崇拜者的偶像……

逝年沧桑，你的丰满与润滑，被衰老和裸露的青筋取代。

洪钟般的吼声，已成为潺潺涓流的轻吟，以缓慢的步履行走。

你的拐杖是溪口畔的桎柳，一头在你手里，一头挑着迟暮的斜阳。

留恋你生成一支澎湃的大潮……

发表于 1990 年 12 月 22 日，《西藏青年报》副刊

高原，无生命禁区

如果没有梦想，怎能承受千百年索群的孤独？在惊魂的墓地里，焚烧了魔鬼手中的灵旗，俘虏了可怕的死亡，从历史的纵深，捧出了沉默的爱情。

于是，贝多芬的《命运》，在这里重新谱写；海明威的《老人与海》，在这里得到升华，人与自然的较量，奏出了时代的进行曲；毕加索的《格尔尼卡》，在这里再显了第二次世界大战的冷酷血腥场面……这些音乐、色彩、语言，在与自然的接吻中，生长出了生命禁区的艺术种子。

不要看炙阳的脸色，不要问荒漠的野性，不要怕雪山的评说，不要理会劲风的说长道短……

这里，季节的岁月，太浓，太稠。

这里，岁月的季节，太快，太多。

发表于 1990 年 10 月 25 日，《阿坝报》副刊

酥油灯会

街头，一盏盏红红的太阳，为小城镶镀一圈迷人的光晕。

兴奋，循拥挤人流，在这里融洽、冶炼。

笑语散发着酥油味，灯烟四弥。我疑心抓把空气，便能滤出一杯酥油浓茶。古朴、庄重的民族特色，被体现得淋漓尽致。

看，一位藏族老阿妈用灵巧的手，三下两下，把一团酥油捏成一盏高脚酥油灯。点灯，灯花禁不住泪花盈盈……

小城的酥油灯会，成了最热烈的话题。

小城的人，从摆出的每一盏酥油灯里，都能读出一段沉甸甸的历史。

发表于1990年10月25日，《阿坝报》副刊

雨　韵

亮晶晶，在空中扭着、舞着。

轻盈盈，在地上蹦着、跳着。

窗外漆黑一片，什么也没有，什么也看不见。谁敲窗？

已是闻无人声的深夜，脸儿贴近玻璃，沙沙声搅得人心烦意乱。

躺下，窗户又笃笃地响。谁呢？

如此诡谲？

打开窗子，原来是雨！

无家可归的雨……

发表于 1990 年 8 月 16 日，《甘孜报》副刊

响　泉

被一苒蝉鸣滤过了。
被丛丛杜鹃吮过了。
苦衷藏在深处，曲折隐在云中。
霜雪堆积，浓酽你的青春；
山石灵悟，活泼你的歌喉。
流泻。流泻。
纵难进入壮阔的远景，也要亮一片小小的惊奇。
——高原的瑶琴。

发表于 1990 年 8 月 16 日，《甘孜报》副刊

雪　影

从一片深蓝的思绪里浮现。

雪影活泼地游动，馨香荇藻般飘悠。

山的皱褶很朦胧，一扇圆圆的窗，吐露多少温柔。

仿佛情人的一朵微笑，白嫩花瓣上的一滴露珠。

雪，不再彻寒冰冷。

夜，不再心事般沉重。

发表于 1991 年 2 月 21 日，《新疆石油报》副刊

野 村

野村，是你奶大的么？
藏音，挂在屋檐下，永远不会发霉。
雪灌帐篷时，干生羊肉却熏醉野村的鼻子。
童心藏在柳树林的年轮里，岁岁发芽。
太阳真累，在藏家楼台安个家吧！

发表于 1990 年 8 月 16 日，《甘孜报》副刊

走向城市

一个曙光蒙蒙的黎明,你背起贫血的牧村和封闭的往事,开始遥远遥远的跋涉。

丑陋的牧篷与拔地而起的新楼在你眼前旋转,"噔噔"作响的鞋跟在你面前展现无尽的冷漠。

所有的新奇所有的艰辛所有的欲望都如期而至……

你甩开历史的郁结,在恐慌中摆开牛羊肉和金黄色的酥油,摆开一叠对富裕的热切期待。

你买卖一段发黄的历史。

你买卖几千年陈旧的思想。

暮色遮掩你日积月累的疲惫,遮掩你心底不时涌动的欢欣。

不奢望从繁华闹市追求时髦,只求获得观念的深悟。

将思维的触须伸进城市,在历史的深层,你触到了强大的"砰砰"跳动的脉搏。

你就是那个昔日的农奴,坐上火箭,跨越几个世纪,从封建农奴社会豪迈地一步跨进社会主义社会!

发表于 1991 年 6 月 22 日,《拉萨晚报》副刊

雪域昔影

雪野的太阳

荒凉寂静的雪野，那些生灵，随着冰川的移动，悲鸣着死去。

但有只顽强的生灵，为了一个雪野的新生，面对苍白的远古，从银白的禁锢中，驾起了骚动与抗衡的第一只高原雪舟。

是它，撞响珠穆朗玛女神的琉璃银钟，大地才有一声悲壮的悸动。

是它，在生命的极地，从死亡的边缘中，划起奋斗的翅翼，把喜马拉雅的烈日，引燃在雪山。

让我们的双眸，屹立于世界的雪线、脊梁，而看到这只雪野的精灵。

从茫茫的雪野中，竖起一个不落的太阳。

发表于1991年3月2日，《拉萨晚报》副刊

摩岩画

最初的人群，被云摄下。失望和痛苦，被定格成一簇凝固的火。

雪山上，写着鹰和一个猎人的影子。

一声枪响，太阳把掌印弃于岩崖礁石上，便有了许许多多关于化石的传说。

想象的海，退出陆地，涛声于一块崖岩礁石处生成相思状。

空间如冰，时间之花开得悄然。有的凋零败落了，有的到今天还在开放。

是艺术绝唱，也是旅游资源。

发表于1991年3月9日，《甘孜报》副刊

喜马拉雅情怀

以你的挺拔,领略天地之精华;以你的险峻,保护人间之至美;以你的幽深,包容博大之情怀。

你最漠视的,是对你的顶礼膜拜;你最欣赏的,是对你的攀登和征服。

纵使全身巨石裸露,也养育了世间最刚强的草木,酿造出最甘美、最纯洁的清泉。

发表于1991年2月8日,《开远报》副刊

第六辑

无人区的跋涉

早已忘却是几时几刻,我步入了藏北无人区的茫茫戈壁和沙漠。更不知是何处何地,我懂得了跋涉的艰辛和欢乐。

这里没有山峦和清泉,只有满目的飞沙和难忍的干渴,只有奋斗者的血,不屈的歌,还有那无人区第一行深浅不一的脚窝……

我不愿自己是那无边的戈壁沙漠,然而,我却喜欢在戈壁沙漠里跋涉。因为在这里,我懂得了自己的渺小,世界的壮阔。

虽然戈壁沙漠无情地冲击着我的肢体,但我依旧挺直着那并不健壮的脊梁。因为这时候我才觉得自己已不是小孩子,而是一个成熟的男子汉。

我在无人区的戈壁沙漠中拾起我自己的生活,向着绿洲,向着有生命的地方,顽强地跋涉……

发表于 1991 年 2 月 8 日,《开远报》副刊

雪域昔影

藏乡，柔软的音符

极透明的藏乡建筑，从牛粪火映曜中溢出缕缕柔软的音符，缀在藏乡，古老了几千年。

弹奏者是一批批靠草原而栖居者。单调的太阳，循平顶的藏式土楼，就这么遮风挡雨，如门环错动，凄厉了岁月淤血的额头。

没有谁像我那样，以生命的冲动闯入这柔软音符的核心。外面的世界无关了，惟一种柔软。母亲雪白的胸怀，柔软了我的感觉。

耳膜悸动如初，似有纤细的鼓槌轻敲那片蝉翼，藏乡战栗不已。

六弦琴在离藏式土楼不远的地方响起来，月光下的藏菩提被山风任意撩逗，叶子婆娑的声音，比土楼里的音符更柔软，点缀着藏乡翠绿的故事，在藏乡的田野里蔓延。

发表于1991年7月31日，《日喀则报》副刊

哦，牦牛角！

——后藏乡俗，家家门楼上安放两支硕大的牦牛角，传说可以驱邪并保护庭院安全。

每每看到藏家门楼上安放的那两支充满灰褐色的牦牛角，我就会想起古老的图腾崇拜。

禁不住抬头望角，悠悠幻幻的意境，却让人阅读得舒服。朦朦胧胧的氛围，却让人揣摩得好透彻。

神奇的梦飘弋，温馨的诗流淌。

牦牛角像一方凉爽的净土，疯长着一茬茬藏乡人的图腾意识，缓缓如民间故事，流行于藏乡的门庭。

如此令人神往的牦牛角，把藏乡人的安危吉祥，把家家户户的爱，都交给了一种古老的风俗。

安放牦牛角的藏家汉子，远远地在喉咙甩出一些单声部的经语，似乎像六字真言，似乎又不像，肯定是祈祷吉祥。那轻声细语的调门，仿佛在安慰和鼓励即将赴岗的哨兵。

云轻雾散，歌舞升平，藏家门楼上硕大的牦牛角，宛若童话中那座神奇的宫殿金顶，直刺苍穹。

发表于 1991 年 7 月 31 日，《日喀则报》副刊

雪域昔影

雪山风暴

雪山下,低矮破旧的黑牛毛帐篷被风暴俘虏,又被轻轻地播种在草原上。风暴中构架破散撕裂的声音,很嘶哑,很痛苦。顷刻,黑牛毛帐篷成为历史,成为以后将要发生的故事的伏笔。

经幡摇晃,玛尼堆如桅,黑牛毛绳如弦锚,死死抓住雪山沉默的骨骼。风暴在雪山上被撞成僵尸。

旗帜使勇士的血飞扬,迸溅成长方形的太阳。

摧枯拉朽的雪山风暴,是美丽诞生前的阵痛。风暴过后,雪山还是那座雪山,帐篷还是那座帐篷,牧人还是那些牧人……

发表于 1991 年 7 月 31 日,《日喀则报》副刊

黑戈壁

火红，燃烧着情愿。再也不了，在你热烈的帐篷里捡拾散碎的月光……世界美丽的痛苦如篝火，渴望生命的眸子，战栗着挣扎。

骆驼群缱绻的蹄迹，复写着黑戈壁无声的狂飙。

忧伤的骆驼歌飘走后，黑戈壁没有绿洲。

白雪山无语。

银古月无语。

绿蓬草无语。

黑戈壁无语。

骆驼发誓将不愿再在黑戈壁浪迹……

发表于 1991 年 6 月 30 日，《西藏法制报》副刊

荒烟歌

在午夜的高山牧场,歌韵五彩斑斓。

美丽的传说,泛着太阳的光点,追逐高山牧场的影子。

白帆片片如雪。

穿藏蓝色舒柔的氆氇,六弦琴叩月为声。

散乱地摆设在高山牧场的篷影点点。

经幡像轻盈的牧女,舞动羽袖飞飘。

有静而纯白的菊花瓣。

洗濯梦幻之水,沐于雪溪的流苏。雪壁下的泊舟,晃动着鹰鹫、黑鸦的寒鸣。

荒歌中升起了荒烟,掠飞雪鸡的翅膀流水。

迤丽而去。

近月则远啼的荒烟歌,临寒而空旷的荒烟歌,魂之归宿的荒烟歌……

发表于1991年6月30日,《西藏法制报》副刊

八月霜

青春的旗帜，在生命的高桅上喧响。

受藏边风的抚爱、吹拂，发烫的脸，从乱发飞舞下闪亮。

具有天使的音色，笑声弥漫草原天空。

漫过心的温柔娴静，成为生活又一信号。

落叶归来在夏日的弦上，渗透的草原绿光如镜。

在露的镜面上，霜跟随着欢叫追逐，它们都看到了八月的自己。

灵魂被熏成一幅光明的风景。

有多少秘密，在如烟的远方。

发表于 1991 年 6 月 30 日，《西藏法制报》副刊

雪域昔影

雪岛雨

那是片睁着眼睛的饥渴土地。

毒辣辣的阳光瀑布般响个不停。

天，真想下雨。

很久了，这一座雪岛没有人来。

一个声音说：出发吧，多少次它曾动情地呼唤过。

一个声音说：期待吧，一页日历不会是一瓣积雨云的。

期待成为雪岛上一匹雪马，到过雪岛的人都曾见过雪马的魂影。

真想下雨。

一个亲切的招呼是一场雨，一个默默的祝福也是一场雨。

你说，雪岛是不是下着雨呢？

发表于 1991 年 8 月 15 日，《日喀则报》副刊

丹霞梦

白天各自对峙的雪山,变得朦朦胧胧,浑然一体。
哦,相依相伴,才有这梦的安谧。
在安谧中寻觅,反思,把原来的梦痕缝密。
剪烛西窗,可否确定归期?
天边有两颗倦星,还在等待消息。
天上的月镰,怕伤着梦的隐秘。
雪山造出了丹霞的旖旎,梦的美丽。
梦吆是一首闪光的诗。

发表于 1991 年 8 月 15 日,《日喀则报》副刊

雪域昔影

悬　湖①

  一个轰轰烈烈的夏夜，你怕山风吹散那弯太嫩的清溪。

  于是将一个老态龙钟的故事，悄悄载到源头，由此——

  你留住苍鹰、峭岩不老的雪山以及牧人搁浅长叹的往事，给他们讲两个恋人不死的恋情。

  满湖的传奇霎时泛滥。

  都报以太多的忧伤，悬成一泊翠碧！

  当喜马拉雅有位女神报告黎明走近，你便毅然悬在空中，翘首向天。

  这是一座岁月浮不动的悬湖。

发表于1991年8月15日，《日喀则报》副刊

---

① 悬湖位于珠穆朗玛峰北坡，海拔6600多米，属冰碛湖。

雪顿节

——每年藏历七月初，拉萨举办传统的展佛、藏戏比赛节日，藏语叫雪顿节。

一笛绿叶的流泉，叮叮咚咚，泻出拉萨七月多音节的灵渊。

太阳酝酿了一个季节的光瀑，跳过岁月的山崖，融进夜与昼的界线。

无夏的夏日里，似春像秋的气候流域中，古城拉萨浸透了一个节日，展佛唱藏戏喝酸奶，节日如歌又似灵魂的一片遥帆。

拉萨河谷的灵魂像风，藏家人做梦中曾在河谷酣眠。藏戏像歌像舞也像跳神，欢乐的氛围在波峰流转。世所罕见的大佛晒着阳光，不知道是阳光晒佛，还是佛映太阳？

此时此刻，男女老幼皆像一尾游向生活的金鱼，披挂新装，戴上金银首饰，珍珠玛瑙，吐着透明忧郁的泡沫。空气里湿润着缓缓藏音，缓缓歌调，感觉不到生活的紧迫急促……

外来的游客也不甘寂寞，还是与这些狂舞粗唱的队伍一起，迎着绿滴滴的泉流一起飞舞。看来，人的自我超越，往往在一瞬间。

发表于 1990 年 6 月 2 日，《焦作工人报》副刊

藏乡摇篮曲

第七辑

雪域昔影

作者采访樟木口岸街办主任拉姆（夏尔巴人），右为新华社西藏分社原副社长李志勇

那好长好长的黑牛毛绳哟

不是光的诱惑,七彩编织着遥远的日月。那是一根好长好长的黑牛毛绳哟,细细扯住的一片嫩黄。

不是绿的小舟,花树撞进梦的小河。那是一根好长好长的黑牛毛绳哟,轻轻牵走的一泓清轮。

不是风的呼唤,雁儿南归划的轨迹。那是一根好长好长的黑牛毛绳哟,飘摇着借来的希冀。

不是雨的脚步,泥土上踏出排列的情绪。那是一根好长好长的黑牛毛绳哟,系着一串省略号,是延伸的记忆。

那根好长好长的黑牛毛绳哟,那座好远好远的黑牛毛帐篷,它们一起从茹毛饮血、刻木结绳的历史中走来,记录了高原文明的历史进程。

发表于1991年3月17日,《西藏日报》副刊

那个季节

是否就是那个为春添了持重的季节？是否就是那个踏碎了秋之金冠的季节？

色彩浓缩到襟袖之间，气节聚敛到眉宇之间，心事深锁进理智之海的中间。

浓浓酽酽的凛冽从四面八方压下来，大地因负重而龟裂了伤口，将满天圣洁的海蓝喷吐出。

冰清玉洁的花朵开放了，点燃丛丛寂寥的树干。于是，有了一幅画。

冬天正在慷慨陈词的恢宏。

发表于 1991 年 3 月 17 日，《西藏日报》副刊

漩　涡

粉碎暗礁的一千次阴谋，挣脱激流的粗野纠缠。在巨浪之侧，你冷静地画着问号，含蓄地发放每寸感情的缰绳。

有人嘲笑你太谨慎，其实你在理智地反省自己。不因为有牧歌悠扬，你就闭上警惕的眼睛。你知道牛皮船还会被黑暗吞没。

险恶的风暴从未停止过偷袭，抓住你的手臂就很安全，因为你最真实也最清醒。给偏执者以思考的机会，给失败的弃潮儿以热情的抚慰，给勇敢的搏击者以哲理的警示。

如果是怕死鬼，即使他扑进你的怀抱，也会被固执的问号，无情地旋进江底。

发表于 1991 年 3 月 17 日，《西藏日报》副刊

雪域昔影

青春恋歌

没有霜冻,也没有雨。一年,暖洋洋地过去了。

梦,是绿色的。山青,水碧。

你,在秋天里成熟。我,在冬天里老去。

第一朵鲜花,惹来一缕诗情。春雨,就这样来了。

你,笑在脸上。我,笑在心里。

你的睫毛就是绿荫,垂挂于心灵的窗户。

风儿,忽疾忽徐。云儿,忽潮忽汐。

六弦琴敲击节奏的晶莹,小鸟啁啾着恋情的旋律。一声雁鸣呼唤情侣,青春的心弦震颤了,交响的乐章尽情地喷出一腔赤诚。

探索与追求的火炬,在草原上燃烧。

一轮满月,散射着淡青色的柔和。

烈焰越烧越旺,是给予多情的抚慰吗?迸发出热,闪烁着光。

成长与消亡在这里交汇,庄严与无耻在这里碰撞。

纯洁的恋歌升华了,白鸽般的精灵,展开了飞翔的翅膀。

发表于 1991 年 4 月 21 日,《西藏日报》副刊

彩虹谣

以一种不变的姿势逍遥地萦绕，洋洋洒洒宣示生命永不褪色的诱惑。

羞红脸的太阳依依隐去，归鸟翅羽上的暮霭翩翩翻成欢快的舞蹈。七彩的唇，吻在溢血的黄昏。

雨丝是缠绵的泪水，是一阕幽婉的悲歌，在灰蒙蒙的脸孔上不紧不慢地淌落。

撑着牛皮船望雪山摇晃着挺拔，江水依旧冰冷地沸腾。苍白脸颊便有了一种辉煌，踩着心潮的律动，悄然飞现。

七彩光环是七位仙女柔软的身段，在美丽地痉挛。

不奢望有一湾略许大一点的温床驾设生命，须臾和永恒是你眉梢上的一丝飞云。

彩虹漫不经心，从容不迫，轻启诱人的朱唇，庄严地诉说荆棘丛林中的人生童话，完成一次美的绝伦，默默离去。

许多年后，许多人回首沙滩上的脚印，对自己也许对许多远眺的人说，彩虹就是一弧冰释忧虑的视线，一朵穿越亘古的笑靥。

发表于 1991 年 7 月 11 日，《右江日报》副刊

飘落的青果

自此,那只青果便从六月的枝头上飘然落下。

不再需要泪的润泽,不再需要情的濡染。

所有的激动、兴奋、欢乐、痛苦以及黄昏时的等待和微雨后的期盼,一下子统统化为久远的过去。

我不知道,即将成熟的果实竟会在六月凋零;我更不知道,那春天萌发的幼果,经过花蕾培育的生机勃勃的果子竟会在这火热的季节里落下。

飘落的青果已如流逝的岁月一样无可挽回。

但我的眼睛,却总也抹不去那青果飘落的一瞬。

发表于1991年12月24日,《安康日报》副刊

草原雨后

新雨后的草原。

草叶碧绿，像绿宝石般透净，花朵鲜艳，像天庭散下的香蕙，闪闪颤动。

雨后，草味弥漫在空气间。

忽然，像彩虹从草原升起，明丽的阳光一闪，翠绿的草叶，天庭的香蕙，失去了光泽。

一位牧羊少女，那青春的红润，流荡着调色板配不出的色彩，那甜甜的微笑，像带着芳香的草原八月风，那轻盈的脚步，像清澈活泼的小溪……

新雨后的草原牧羊少女，镀上美丽的色彩，像天女降临，太阳把光点集中射到她身上。

雨后草原——牧羊少女——美的辰光。

发表于1991年7月8日，《黔南报》副刊

雪域昔影

寂寞的牧女

不想牧羊,坐在草原的一块石头上,望着远方,什么也不想。

冰裂雪崩的喧响,从很远很远的地方传来,什么也没有惊动。

一群群黄羊过去了,一群群野驴走远了,一群群鼠兔钻进了窝……

牧女的眼睛折射出草原的影像,四周流淌着季节的涩苦,不言不语的花草,从夕阳中收回目光。

雁群从高空飞过,翅尖踩落悬空的云石,草原一阵骚动不安。

看见一只孤鹰,受伤的翅膀,拍动长天的苍凉。

多么渴望,与一个人说一句话,走一段路程,并且愉快地交谈,分别时,握一握手,嘴角挂上祝福和微笑,意味深长。

有许多时候,独自一人,把充满爱的日子回想。然而,在这远离喧嚣的地方,寂寞和悠闲,行走在高原粗犷的骨骼上。

骑马从草原走过,这样慢慢地过日子,有时似乎很短,有时又觉得实在漫长。

太阳从皮肤上滚过,牧歌在雾里飘来飘去,季节肃穆而迷惘。

牧狗的一声"汪汪",暮霭便慢慢悠悠地游动,淹没了炊烟薰薰的黑牛毛帐篷……

发表于 1991 年 7 月 8 日,《黔南报》副刊

漂亮的牧女

蘑菇石

　　松散的惰性沉吟,记忆珍藏两三沙粒。过去的世界爬满青苔,斑斓的世界回荡咸涩的旋律。

　　何处寻找少年的天真,智慧烦恼于不息的潮汐,无休止的旋转、搏击、怒喝。生命躺在岸边屏声静息。

　　凹凸不平的记忆,皱纹浓缩成炽烈的云烟。

　　清澈的啁啾流进神经,矗起兴奋坚硬的绿涛。夕阳,亲眼想象的冷峻,心愿染红,飘逝千年。

　　歌声,绽开洁白,解释高原萧瑟的梦。美丽的思念诉说清新,日光融进浩瀚的深情。

　　音符,飞出动听的芬芳,回旋连绵起伏的恢宏。风韵,覆盖苍黄的记忆,懦弱的年岁凝固博大的倩影。

发表于 1991 年 1 月 20 日,《西藏日报》副刊

棕褐的土地棕褐的歌

棕褐色土地的生命之源,像藏家人的皮肤、血肉一样贫瘠,生长着苦难,生长着灰毛驴和黑牦牛以及棕褐色的土壤和山岩。

一排排肋骨嶙峋的棕褐色的脊梁,在穹窿突起的喜马拉雅山峰上,把几千年的晴空刺破。

肥沃,一如藏家人的苦难和血汗,养育着一条雅鲁藏布江,养育着印度洋蔚蓝的鸟飞鱼跃。

祈祷,在古老的寺庙前祈祷。从早到晚,用棕褐色的头颅磕碰大地,直到大地上腾起冲天烟尘。

就这样,祈祷吧!在这棕褐色的土地上,吹风鼓浪,历经万代千年。

穿越几千年的风沙,在落日的脚下,举着一个悲壮的灵魂。

棕褐色的土地被月光染上一层古老的哀怨。

棕褐色的影子瘦长,灵魂也被叠进一轴棕褐色的风景。

路,弯弯地走,歌声缠绕着。藏家汉子从纵深的喉咙中发出的野唱,飘浮在藏家女人纺织的黑氆氇衫上。

女人们在牧村等着,婉约凄清的棕褐色的牧歌,让白羊羔开满了草原。

一曲遥远高亢的或沙哑的对歌,飘了几百里、上千年,永远高举着纯洁的金色的信念,把原始纯真的爱情渗进棕褐色的土壤里。

唱出心灵的呼唤。把粗糙的大手插进羊毛堆里,用热泪轻抚满是伤痕的根。

从青稞酒碗里飘散出来的香醇,染红了棕褐色的牧歌的灵魂……

发表于1991年1月20日,《西藏日报》副刊

棕褐色的藏乡

极地魂

好长的时轮抛物线上,承受诱惑的重压。

当沉甸甸的诱惑旋下枝头,青春成熟于冈底斯山脉的焦躁。

几回回圆月中天,夜之树胀满夏末的紫葡萄。低吟的是冰河之水,灵魂之树几度圆缺。

当夜被击碎,风缱绻于松软之地,奔流之水。

猛击时辰的顽石,炊烟畅饮空气的博大。兀立苍穹,无极的高标正进脱云梦的困惑。

黎明贴地而去,经书又一次翻晒秃鹫啄食的岁月。一张写不满文字的云朵,季节风扬起满地风沙,染色于棕褐的土地。

视野里血色的苍茫,世世代代,朝歌渺渺,念着喃喃的祈文。命运之斧把头颅断然分裂,一半在地,一半在天。

杜鹃花奔放于朝圣者的洞穴之外,聆听风声,树兀立如柱。

随后,马背上的风云;随后,不断地雪潮。承受灵魂一千次撕裂。

是放牧时分了。茫茫雪线,炊烟牵引蚁行的群羊,幻觉的牧鹿奔放于丛冈,敏锐于勃勃雄气。

生命之腺延宕着,幻化着,在臆想之外完善。活活的浮

雕，在自咒的踢踏声中，辨证潮湿之路。

当梦发白，云片般的衣衫飞向九霄，皮肤紫红赤裸于太阳，成熟于风干的焦躁，染色于棕褐的土地，注定萌蘖异样的吉祥之光。

发表于1991年3月3日，《西藏日报》副刊

极地夜色

夜色踮起脚尖,从天外走来,如母亲的慈祥,渗透冈底斯山脉的每个角落。

很多东西不再赤裸裸,很多东西不再尴尬,不像天光白日,非要让人直视一些不忍目睹的场面和镜头。万物面对严酷,无须再哆嗦。其实,山那边阳光灿灿。

有夜色巧妙的裁剪,世事便含蓄起来;有夜色温柔的爱抚,目光便潇洒起来。

多少历史才铸成,夜深沉而和蔼的长者般的面容。世事庄严如风飘荡,生灵温柔如水漫延。山岗河流,花草虫鱼,树木庄稼……一切在阳光下天真地冲动,而风风光光的景物,都肃然敛起毕露的锋芒,像孩子般偎着长者渊博的襟怀。冷静酝酿,再次展示风度。

夜色朦胧如雾,脱下炫目的外衣,真切感受到世界的成熟,各种浅薄的华丽风景,都纷纷显示出深厚的内涵。

在朦胧夜色中读世界,如同读一首造句朴实而意境深远的诗。世界并非一池清水,可以一眼看得透彻。一杯陈年老酒,只有细斟慢饮,才能品出个中滋味。

无数在白天借助大自然的光彩,竭力引人瞩目的风景,

被夜色无情地融化得一片模糊。无数被太阳淡化和掩盖的亮点,被夜色无私地释放出固有的能量,燃成一片轮廓剪影。

发表于 1991 年 3 月 3 日,《西藏日报》副刊

苍茫夜色下的煨桑烟供

第七辑

夜宿珠峰

你还记得,那夜宿珠峰登山大本营的夜色吗?

那晚珠峰的夜色,至今烙印在我的心版上。怎么会使人忘怀呢?那劲风、急雨、眉月、星空、涛声和幽静的夜。

那夜,劲风急呼呼吹来,暴雨斜溅在帐篷顶,眉月又高高地挂在天幕上,星星嗅着湿气眨着神秘的眼睛,雪河在冰下怒吼着……

五月珠峰的夜呵,是那么出奇的静美,是那么出奇的多情。那幅夜色,哪一位优秀画家的彩笔,也不曾描绘出来。

我想让那夜色拥抱着我,让那夜色溶化我。纵使,那里是荒冢野坟,我也愿在那里刻下我的名字。管它,那岁月是顷刻还是永恒。

可不,在我们帐篷的西侧,真的有七十多座墓碑,坟茔里没有遗体,是纪念性的掩埋。他们,是曾经攀登珠峰的牺牲者。

在那日影和星光下,我默默地踩过去。忽然,我听到坟地传来低低的歌唱。一阵心颤,像波浪在我心海里汹涌澎湃。我感觉着,天上的星星似乎也要落泪了,远方的涛声似乎也在哭泣了。

293

雪域昔影

  我们踏着为攀登而光荣献身者的足迹,将登上地球之巅。一年一年,草绿了又黄,黄了又绿;一年一年,攀登者在思念中焦虑,在焦虑中思念,怎能禁得住心底的声音呢?

发表于 1991 年 2 月 2 日,《拉萨晚报》副刊

世界上海拔最高的珠峰脚下的绒布寺

雪马的神话

从积雪的山巅，从雷雨击过的黑黝黝的断崖，雪马腾起巨大的身影，矫健而沉默。在雪山的釉面上，凿下一道深刻的黑色雄奇。

那无尽的长天寥廓，冲涤着它孤独而骄傲的灵魂。无言的忧郁，化作四蹄沉重的桀骜，敲击着这无垠广袤的透明。

霎时，四周战栗——挟着黑色闪电的雪浪，发出惊天动地的威赫，掠过雪雾弥漫的冰川。这四只在人间无所皈依的飞蹄，一任它在雪山恣意蹂躏。云朵以它纯净而安详的表情，俯瞰雪马的所有任性和自由。

向着孤独，向着自由，向着坚忍，向着无拘无束……雪马纵横驰骋，冲破所有美丽而沉重的诱惑，无所畏惧……即便暴雪，即便狂风，甚至来自宙斯的雷电……

奔流于它飒飒动脉里的，是雪马滚烫的血液。

发表于1991年4月13日，《白城日报》副刊

雪域昔影

阿姆拉的经轮

阿姆拉①的经轮很大很大，大得像一片绿荫，把迷人的童话与传说，遮掩得神秘又凉爽。

牧村孩子不能像城里孩子那样，从荧屏里欣赏一集集藏语翻译电视剧《西游记》，去生动浪漫的情节里想象孙悟空、唐僧、猪八戒……

阿姆拉的经轮却是牧村孩童心目中的一方屏幕，每晚都播映关于星空，关于银河，关于望果节绕村收地气、庆丰收的系列连续剧。更有那些民间传说的神神怪怪的妖魔以及智慧的阿古顿巴、聂局桑布的传奇故事。

阿姆拉的经轮摇着摇着，把一个个宗教故事演变成了一件件牧村的故事和往事，如一个个闪烁的镜头，把高原凉爽的夏秋夜，映得晶亮晶亮，像天上的星星。

发表于1991年4月13日，《白城日报》副刊

---

①阿姆拉，系藏语奶奶的称呼。

富饶的贫困

我不知道,为什么如此富饶的地方,竟然会这样的瘦。

傍晚的天空燃烧着火焰,那些优秀的儿女从这里爬起来,挥洒鲜红的血液,温暖另一些灵魂,年轻了一座座雄伟的宫殿金顶。

这一片富饶的土地贡献了全部的热情和力量,却孕育了贫穷的胎儿。

富饶像剩余的植物,承担了萧瑟的秋,残酷的冬。贫穷像裸露的山岗,承担了洪水的冲洗,峥嵘的岁月。

望着灿烂的天空,望着苍茫的大地,我知道为什么这片富饶的土地会如此的瘦?因为那肥沃的思想缺乏阳光和雨露浇灌,那聪颖的智慧缺乏肥泥和沃土栽培!

发表于 1991 年 3 月 15 日,《海东报》副刊

雪域昔影

阿妈的歌谣

因为高原的雪山太高,峡谷太深,河流太长,阿妈总是坐在黑牛毛帐篷前,穿着黑色的氆氇裙,用藏家女人特有的温柔,唱着那支只有母亲会唱的歌谣。

古朴的节拍和着涓涓的雪溪,飘到牧村外老远老远的地方,去展示草原牧村里的传统色彩。

因为高原的风太猛,太阳太毒,阿妈总是在黄昏里,唱着祖辈流传下来的那一支古老的歌谣。

歌谣沿着草原那条小径,走进牧村孩子们绿色的梦幻。歌调有时苍凉,有时热烈,有时缠绵,有时铿锵。牧村的孩子们说,阿妈的歌谣像行云,像流水,和学校老师教唱的歌儿不一样。

阿妈的歌谣像轻柔的晚风,把牧村一天的劳累吹散。帐篷顶上的彩色经幡,捎着阿妈的歌谣,伴着升腾的紫烟,飘得很远很远。

歌谣对着幽蓝的天空轻轻摇曳,久久不散……

发表于1991年3月15日,《海东报》副刊

荒废的老屋

那避风挡雨的方舟，载我们度过一程又一程岁月之后，终于搁浅。

"咔嗒"的门锁，仿佛抛得响亮的铁锚，一步一回首，惜别的泪雨，留恋地滴答着，如沉重的音乐。屋后那片柳树林，翻滚如浪。

有雏燕双飞，依依绕屋三匝，在寻找昔年的旧巢。叮叮当当的门楼风铃，在秋季里轻轻抽泣，仿佛在责怪主人喜新厌旧的无情。

只有把童年的梦呓，结如一颗颗藏豌豆，那歪歪斜斜的学步，那咿咿呀呀的学语，亦晃成漂泊远方那叶彩帆，刻留下心版上的记忆。

梦里醒来，想去看看老屋门前的那棵紫檀树。其时，它正在风中哗哗如阿妈的呼唤：

崽呃，回来哟！

发表于 1991 年 3 月 15 日，《海东报》副刊

雪域昔影

被遗弃的老村

是小孩拉着母亲衣角的撒娇声；是老村人啃着风干牛羊肉仅有的腥膻味；是奶奶那倚门凄凉的喊魂声；是往昔那汗渍渍忙碌碌的苦日子……

瘦瘦的风景，是流过离人的那战栗的梦境；是起伏的悠悠节拍的抒情，是村女翻动如岁月凄凄的幽幽山歌；是小伙子款款表白爱慕的激情；是透着甜蜜的藏民节日般的欢欣……

有一位很现实的藏族小伙子，幽默地向我描绘老村。儿时，钻在母亲的衣襟下，偷吃一颗糖，惟怕别的兄弟姐妹看见。母亲衣襟下的气味令人迷恋，那糖也是世界上最甜的糖。如今，娶妻生子，每每母亲与妻子发生矛盾，怎么看都是母亲不顺眼，我妻子身上的气味才最令人回味。但我确实也很爱我的母亲。这老村就像母亲！说完，小伙子故意做个鬼脸，诙谐而滑稽地笑着。

无论如何，被遗弃的老村依然楚楚动人。老村是斑斑驳驳的韵脚，仍押在藏乡的史诗中。

发表于1991年3月15日，《海东报》副刊

古寺幽思

我看见你的时候,整整隔着两个世界。

我想像一件埋在废墟里的美丽的佛雕,只剩下圆润的下巴与生动的嘴唇,会怎么样?

我想起佛的语言、法鼓螺号,弹拨着幽古的曲调,声音黯然。

难道是顽强,砸碎了也能微笑。

哦,神奇的两个世界,今天遗憾地相对。仿佛,我侵犯了你的权益,你挤占了我的位置。

我知道,你已一无所有,只有唇仍旧在吻,吻你再不会有的一切。你的爱,使我粉碎。有魂灵在尖锐地叫着,仍听见雪山在开碑裂石。

也许该调个立场,让我永久地微笑,让你来一刹那的思考。

真令人惊叹,你至今仍然有坚强的形象。

发表于1991年3月4日,《珠海特区报》副刊

雪域昔影

朝　佛

远道而来，投去虔诚的目光和仰慕。

佛像，却不露一丝笑容，永恒地沉默、冷峻。

莫非看透了人间的冷暖？莫非经历了世事的沧桑？凝结双眸，不留一点儿憧憬、向往，不留一点儿希冀、想象。

不哭，不笑，不思，不想，不静，不动……似乎把一切都看透了。

其实，你什么也不懂。

造佛？崇佛？

渴望自由，又自制枷锁。

也许，是对自己劳动成果的欣赏吧！

发表于 1991 年 3 月 4 日，《珠海特区报》副刊

藏边人家

早晨,藏边人家,在喜鹊喳喳的叫声里,赶着毛驴车,拉着希望,拉着憨厚的笑声,拉着冬天的借贷,来到苏醒的喜马拉雅山地。

期待春雨说出绿的故事,倘若第一次播种没有见绿,他们就会把诅咒的话,把虔诚的心,把坚韧的性格,再次播进地里。

藏边行千里,难遇一个十成秋。

信念是一个火热的太阳,就这样让那些藏边人家,深深刻入我的脑际。

发表于1991年2月10日,《济源报》副刊

野　湖

　　那片安宁的湖泊,在夕阳中楚楚动人。飞翔的白鸥,流淌的声音,羽毛比微风更轻。

　　色彩斑斓的湖面上,挂满颤动的夕阳。那是八月雪后的黄昏,雪瓣们所点缀的世界,一种非常和谐的声音在傍晚诞生,极似想象中那一缕炊烟,把你静静地环绕,不带一丝的迟疑。

　　在湖边走一走,把自己交给水,交给蓝蓝的那一种流动,霞光在水的翅膀上,很悠闲地飘扬,使你不得不坐下来,看着夕阳渐渐地沉落。尔后漫不经意地扯下几片草叶,慢慢地咀嚼被自己所熟悉的气味,深深地被打动。

　　谁也不知道,谁也没注意,此刻有几只可爱的黑颈鹤,在湖边饮水。它们谁也不怕,也没有谁怕它们。那充满芳香的湖畔湿地上,清晰地留下了它们小小的爪痕。

　　　　　　发表于1991年3月15日,《西藏法制报》副刊

冰晶画

　　昨晨，巍峨喜马拉雅山一坂，雪峰架叠起威峻。今晨，苍莽喜马拉雅山一角，凌壑洞穿出邃深。明晨，皑皑喜马拉雅山一隅，可能冰峰会排列着严森……

　　冬神，用冻冷的灵手，雕镂出幻化的银色梦界，那是从未重复的喜马拉雅风情——

　　有蜡树封峦的网结；

　　有白象冲云的竞逐；

　　有玉龙探天的纷争……

发表于 1991 年 3 月 15 日，《西藏法制报》副刊

雪域昔影

野 鸽

那天出发,没有风,没有雨。

黎明訇然来临,弥漫无言的温馨。背景是蓝天和阳光。

装饰视线的,是起伏的原野和山峦。远方,朦朦胧胧。

想象是放飞的野鸽,自由地飞来,又飞去。

没有目的,没有倦意。

飞了很久很久,飞了很远很远。天空渐渐高远、明朗。彩虹出现了。

雪峰上的路标,在夕阳的那边。

冥冥中,天际传来真切而深沉的呼唤。

这样的季节,注定多梦且美丽。

一切的一切,诞生于天真与浪漫之上,成熟于追寻与幻想之中,辉煌于日落与日出之时。

发表于 1991 年 7 月 15 日,《黔南报》副刊

冰笋·冰钟

岁月的白发，从冰钟乳上垂落。时间的滴漏，在冰笋石上沉默。

一凹一凸的象形文字，记录了冰川阵痛过后的历史。

曾在沉默中怀着深远的希望，曾在忍耐中呐喊咆哮着未来。

消融孱弱，析出坚韧；化解陈腐，塑成傲骨。

亿万年孕育，亿万年躁动。终于分娩了，这伟烈豪壮的史诗！终于诞生了，这亘古迷人的雄奇！

于是，一种不屈的情感，一种超越的欲望，一种自由的追求，一种博大的向往，便在这冰川里闪射出冷峻的光辉。

看，冰笋仰首，冰钟俯冲，浩然地宣告大自然沧桑巨变的伟力，向我们昭示着无情的进化法则！

冰石姿影，地母的胎衣里，吮吸冰石和黑暗。梦，映在蔚蓝的天幕，显得神秘又慌张。

青色的光芒，号角般掠过大地，冰石便似榔头的坚实，敲碎饥馑蛮荒。

古朴的生存方式，秋风镶起冰川的风景，也会带来苍苍茫茫么？

发表于1991年4月2日，《菏泽市报》副刊

高原的诱惑

一

黑色的河流，枕着我相思的岁月，从浑浊的眼珠中流出。

——分明是浓酽的青稞酒。

夕阳山，醉过山风，醉过岸柳。

我趴在岸边饮了一口。十二年来，常把我的梦，醉得晃晃悠悠。

二

沉睡的梦在我的诗稿的光束中萌芽。历史的触须伸入高原深处……

掘开神秘之门，步入布满奇特的诱惑。

三

绿之梦好长，绿之梦好重。高原的诱惑在没有被污染的空气中弥漫的原始力里凝聚。

旋开生命的极光，沿文明的路跋涉，征途折向喜马拉雅深处。

诱惑在雪海的浪涛中涌现。

追求，踏着青春的旋律，走向太阳，走向人间，走上征途……

四

来到高原，并非为了索求。

常驻高原，并非为了拥有。

烟霞徐徐降落……

雪峰里藏有熊熊地火。

我看见高原弯曲的背影……

我真想揭开高原千万年的渴望。在高原深处，我扶着原始的弯木犁开拓，一跬半步地伏地爬行。

汗腥味很浓很酽。

五

沿陡峭的冰梯拾级而上，深邃的天空幽蓝。

拾一枚贝壳，一双闪亮的眼睛。

高原诱惑，一条充满艰辛坎坷的征途。

发表于 1991 年 8 月 6 日，《安康日报》副刊

秋　歌

  秋风摇落了灵魂之绿，摇来了一个明媚的节日。生命是一张闪光的犁铧，把甜甜的秋歌，播进收获的季节。

  我选择了这块真诚的土地，在这里扎根，献给时代一片荫凉。我献出片片绿油油的翡翠，给高原披一件缀满无数辛勤汗珠的嫁衣。

  叶脉上的枯黄，每天都在抽丝，去编织秋天的憧憬。

  千万只蝴蝶在翻飞，那就是我的热望。

  衰叶脱落，却伴有嫩芽成长，纵然变成一棵黧黑黯然的老树，也要同幼芽作伴、山花为伍，用生命的馨香填满幽谷。

发表于 1991 年 9 月 21 日，《焦作工人报》副刊

蓬勃的日子

岁月的走向依然泾渭分明,炽热的畅想引诱着梦境。

心灵的脚步,碾碎了阳光炒熟的雪山,汗水流出高原的雨季。闪闪的爝火,照亮了一片蓄满牧草的原野。

红土地从怀中为我们尽力亮丽,觉醒的姿态以恢宏的气魄,展示开拓者的风韵。

信念和草原如此蓬勃生长。

民族之魂如此昌盛不息。

根基,聚合了心底的豪迈。

发表于 1991 年 4 月 30 日,《西藏法制报》副刊

雪域昔影

冰底河

——希夏邦玛峰北坡达索普冰川，有一条冰河，不见水流，能闻水声，故称冰底河。

沐浴着凝固了的日光和月色，在深沉而清澈的冰层下游动。置身雪野一样静谧的世界，呼喊出撼人心魄的响流声。

在森严的冰腹中流连，探索被掩藏起来的奇妙世界，浏览曾经被遗忘的轻松时光。

冰底河走向遥远而神秘的地质年代。

外面的世界很热闹。而这里，却在凝寒的冰底艰苦劳作。

有音乐般缠绵，有舞蹈般热烈。跌宕曲折的冰下流程，有令人惊叹的幽远迷离，还有那复印着的单纯季节。

凝聚着亿万年孜孜不倦的追求，冷漠之下，是否蕴含着生命的温热？

拾起一个美丽的传说，伸延着矢志不渝的渴望，挣扎着平静之中的心灵结合。

发表于1991年4月30日，《西藏法制报》副刊

街心山

一个蒙面人,用一张大网,把你从大海的最底层捞上来,放在繁闹的街市,任人们随随便便坐在你身上小憩,并且评头论足,说高道低。

阳光普照大海的时候,我们在翻飞的浪尖看到你生命之旅,一串串哀婉的音符撞击着我们的心扉。

你可以生在莽莽苍苍的崇山峻岭中,你可以显示自己的灵气和神圣,你可以成为群山中的普通一员,不受世人的眉高眼低。而你却偏偏长在街心,就像我们看见了一只动物园里的老虎。

怪谁呢?也许你最清楚。

你会做梦的。

梦中,也许会有一片片此起彼伏的声浪涌向你。

发表于 1991 年 11 月 2 日,《菏泽市报》副刊

雪域昔影

金顶日出

挺直腰板将热切的渴望投向遥遥苍穹,这种神圣的姿势,专为迎接庄严的日出。

云霓被渲染得如火如枫,撩拨心海难耐的潮汐。清晨,站在布达拉宫金顶旁,焦虑地等待日出,只为拍一张日出的风景。

渴望最苦,任风儿在吹全然不顾;渴望最甜,坚毅的意蕴饱含着深情。

远处的地平线开始剧烈地躁动,天际间风起而云涌,酝酿了很久的感情,此刻聚焦在照相机镜头里那微小的瞳孔,时刻准备着在迎接太阳之神的一瞬间按下快门,等候着那一声清脆而响亮的"咔嚓"声。

通红的云霞终于被蒸腾,一个古老而新鲜的灵物挣脱云层的束缚,顽强地探出滚圆的身影,万道金光射向布达拉宫金顶,惊叹了金顶的目光。

辉煌的画面于是出现。而此时,所有的语言已经苍白,所有的思绪已经凝固,只有滚烫的心,随着这跃动的圣物砰砰作响。

舒展渴望的双手,拥抱这初生的婴儿。

太阳，每天都是崭新鲜活的。

生活，每天都是生机盎然的。

发表于 1991 年 11 月 2 日,《白城日报》副刊

寺院金顶

雪域昔影

心头有一片蔚蓝

你把你年轻的季节,做成装饰,送给我一枚草莓,轻轻地放着红光。

天空显得格外高远、明朗和温柔。

在别人看不见的眸子里,一潭深深的清泉,荡漾着你的伟岸与潇洒。

从岁月的尽头,重新为你续诗。

无数个缥缈的日子,人生的绳结,在岁月的河流上漂泊。

青春的恋情,在野菊花的摇曳中延续。昨日的寂寞,在夜色中悄悄地归来。

当冬天送别秋天的时候,我也送别你。没有礼物,没有承诺,只有走出牧曲。

那一阵阵冬雨,从此夜夜伏在窗台。无数雪花纷纷的相思,遥望星月的路程,和不知疲倦的渡舟。

我在等待。

你的归期从风中传递,把心头的那一片蔚蓝,变成你眉宇间的欢欣。

放弃孤独,喊着蕴藏已久的爱人的名字。往日的恋火,灼热一个世纪的冰峰。

发表于1991年11月2日,《白城日报》副刊

有一种恋爱方式

雄性的勃起，染一片舒适逍遥的岁月。纯粹的爱情，在一种无序而紊乱的飞翔中。

山不再沉寂，雷霆洞开的谷底，强悍而温顺地走过冬日透明的阳光。

手扶伟岸而潮湿的小屋，在旷野蚊蚋般轻窜的风，借山的挤压肆意掠夺。

风中峻拔的岩石，永远看不到自己如何娇羞。欢欢快快地接吻，岩浆一般滚烫。

淡泊庄严的呼吸，涌动着古铜色的情感。欢乐和悲伤，轻击心海的磐钟。

任何逆顺的姿态，都能在荒野里诞生，在荒野里图腾。

力拔四方的血性汉子，在无边无际的大草原里，用目光拴住恋人。

袅袅升起的炊烟很温暖，流淌成少女般温柔，在风中荡然无存。

发表于 1991 年 11 月 3 日，《西藏日报》副刊

雪域昔影

失恋的雪山仙子

朦胧的雾，轻轻地走出一位雪山仙子，如一颗露珠在枯黄的落叶上。

如诗的世界，追逐着月光的脚步，与雪山仙子擦肩而过。

迎面吹来的山风，在心里冻结。

低低啜泣，哽在雪山仙子的嗓眼里。

飞在眼睛里的小鸟，使雪山仙子难于捕捉动心的翅膀。

泪水，在雪谷回音中飘洒……

最艰难的路，是最美丽的梦。还有比失恋后的路更难走的么？同时，世界上还有走不过去的路么？

一缕缕阳光，染亮雪山仙子的秀发，迎风起舞。发育成熟的线条，沿着群山矗立。

雪山仙子激情的呐喊，沿雪谷回荡，找不见昔日的恋人。

擦伤的想象，在古老的传说中抽芽……过时了，有剩男就有剩女！

发表于1991年11月3日，《西藏日报》副刊

第八辑

雪域昔影

作者采访拉孜藏刀制作艺人(中间为新华社西藏分社藏族驾驶员嘎玛师傅)

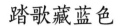

第八辑

踏歌藏蓝色

藏蓝色的草原醉了,它饮用了太多的阳光。

醉了的藏蓝色不断戏谑地推出一堆堆雪白的花朵。试图去遮盖山峦上那些豪放的藏胞。

微笑不语的太阳耸立在山峰之巅,就像流传了一千年的情歌,就像躺了一万年的岩石,就像草原在此情此景中的思念……

唯有永不厌倦的藏蓝色一如既往地雕塑了无数变幻迷人的奇景。

发表于1991年11月16日,《石嘴山报》副刊

牧童与太阳

太阳是一个神奇的谜，牧童怎么也揭不开它的秘密。

春天，太阳钻进树林，树叶吐芽了。牧童说："太阳是春天的绿衣。"

早晨，太阳融进露珠里，草原白雾弥漫了。牧童说："太阳是早晨的云霓。"

秋天，太阳钻进花朵里，草原万紫千红了。牧童说："太阳是秋天的画笔。"

傍晚，太阳挂在雪山上，雪峰激动得流泪了。牧童说："太阳是黄昏的小溪。"

牧童对太阳的谜底，比天上的星星还多。

发表于 1991 年 11 月 16 日，《石嘴山报》副刊

幽　独

如网的思念笼罩着我，透过菱形的漏孔，看到如你背影的星光。

我已听到你泪滴下的声音，在冬夜的高原，结成玻璃窗上寒冷的花枝。

从不曾摇曳，却落下一地的缤纷。每逢梦中，就幽幽穿过眼情，向我脑海深处迈进。这时我是知道你企图的，却又佯装不知。

会有一定的岁月堆成很高很高的年轮，再回首看这段如歌如泣的恋情。

我们会成为南南北北的树，只有鸟分担着彼此尚在人世的信息，没有巢穴可以安身的灵魂。

天之中，我历经了四季的感觉，那是夏秋间迟暮的落日里不肯和阳光苟活的叶子呵，那是冬春谨慎的雪与雨交替冲刷后仍是美丽的叶子！

幽独中，我的思念莹莹如玉如茂盛的森林。远处，有一只狐狸从草丛中优美地探出头来。

发表于 1991 年 12 月 28 日，《菏泽市报》副刊

黄昏，在溪边

夕阳羞答答地遮起目光，山溪被温柔的风揉搓得轻盈盈的，一群山雀般叽叽喳喳的笑声跌进溪水里。

藏乡姑娘大胆地用清凉的银珠洗浴丽质，小心地用湿手帕遮藏秘密。

溅起的浪花，在空中浪漫地书写着醉意。

乡野俚语，在风中传递着粗糙且热辣辣的故事。

溪边的格桑花开放成甜蜜的诗句，林中的鸟被惊得停止了歌喉，惊奇地注视。

甜蜜躺在溪里，心事藏在心里，思绪流向远处。

洗去苍白的记忆，洗去世俗的污垢。

没有疲倦，没有忧郁，没有顾及。

发表于 1991 年 11 月 30 日，《焦作工人报》副刊

神树柏枝

一截嫩枝就已湮没我的全部。

神树如血性男儿,以雄性形象接受飓风的洗礼,并和蓬勃的头颅一起撑破时空,由闪电自叶尖射向远方,任雷声将雨幕对半劈开。

于是山顶的神树柏枝如拳头突兀,丹顶鹤沿手纹轮回。掌心汗珠幻化为深邃的海子,噗噗飞出美丽的黑颈鹤。

原始凝聚的力量,亘古执着的信念,析出千百缕生命的光灿。

凝视时,眼底美不胜收;燃烧时,馥香沁人心扉。

感动的手贴上粗糙的树皮,一股芬芳洁白的汁如发酵的绿,黏糊糊喧响进我的脉息。

随庄严的落日融进黄昏,勃动的心绪在平和的柏香中温情舒展,氛围一派祥和柔丽。

发表于 1992 年 1 月 18 日,《甘孜报》副刊

神 骨

　　骨架撑起神像，神像撑起信仰，支撑着祖先走出那片原始，装饰那片古老。只是岁月看不清神像的脸谱。

　　从未考究过为什么，造神像的骨架时不允许人看，而造好的神像却接受千万人的膜拜。

　　由此，那些虔诚地拜倒在神像脚下的人——骨头显得多余。

　　当神骨图腾于天地、山水，三折九弯，谁委屈了多少神圣。

　　漫长的疑惑，终于在自身的骨架上瞬间顿悟。

　　当灰飞烟灭，泥落土塌，该剔除的神圣全部剔除，而今你反倒给人一种骨气犹存的感觉。

　　啃过的历史，棕土包裹的日子，一块块的结局，终难将腐朽化为神奇。

发表于1991年1月18日，《甘孜报》副刊

雪山樟松

眼前唯有黑色的树影和晃动的记忆，树不再有静默的花期，我守着一叶宽厚的怀想。

晨晨暮暮，终于在炼狱的泪光中，它长成一棵树，同我相倚相靠的那棵生在一起。

没有花期，果实依旧缀满枝头。

凋落了一地的橙色樟松籽，似在讲一段发黄的故事。不出声捡一颗樟松籽，含在嘴里，很涩。

我的那棵雪山樟松死了，变成焦木，随下沉的岁月，变成一块坚硬的炭石，而后慵懒地入睡了。

梦中，两瓣细柔如丝的绿芽，精灵一般拱出炭石，从焦木的缝隙里破苞而出。

朦胧之间，就长成两棵挺拔茂盛的树，一棵和另一棵。

发表于1992年2月22日，《西藏青年报》副刊

雪域昔影

雪湖探秘

洪荒时代诞生的你，饱经沧桑。

探险游客，虔诚的赞誉，沉重的叹息，莫名的困惑，一并投入你盈盈的寒波里。

带着神奇的传说，带着粗犷的风姿。

曲险的崎道，导我探寻你没有生命常驻的奥秘。

一庹长的牛皮船，其实就可以引渡我瞻仰你多姿多彩的韵律。

寒水眼底横，

雪峰眉尖聚。

雪冰环抱，

愈加威凛。

流连，伫立。

伫立，流连。

劲风中，寒霾里，我把无边的思绪，融进你荒寂的心海里。

发表于1992年2月22日，《西藏青年报》副刊

虹　桥

　　是当初造物主的失误,还是后来的风雨剥蚀、岁月嬗变？条条雪川深壑,像毒蛇咬断喜马拉雅的脉管。

　　世世代代,肆虐的雪山风暴,吞走了一个个希冀,留下了一声声叹息。

　　盼长桥,如痴如梦,年复一年。

　　一个阳光明媚的春晨,藏式楼房里增添了一个热门话题。一队人马来了,神仙般日夜修补喜马拉雅的这一生理缺陷。

　　眨眼间,弹指一挥,喜马拉雅山间生长出一座座大桥,彩虹般地接山跨水,飞架云天。

　　草原乐了,白云乐了,牧村乐了,山乐了水乐了。人流车流穿虹过,汽笛声声,笑语甜甜。虹桥上,有姑娘手捧哈达起舞,歌唱如雄鹰展翅的高原。

发表于1992年4月5日,《西藏日报》副刊

藏乡人

烈日炎炎,赶着毛驴的藏乡人从远古走来,从喜马拉雅北麓南坡的原始丛林以及雪谷冰川走来。

浑厚粗重的嗓音吼出古老的乡野俚语,粗糙的石器骨具叩击着深山幽谷,刀耕火种刻木结绳的旋律唤醒了荒原草莽,茹毛饮血垦荒驯兽的篇章展示了生命的顽强。

从远古走来的藏乡人,三步一等身地匍伏在红棕土地上磕着长头,虔诚地礼拜上苍,盘顶的长发于风中箭般飞撒,赤裸的双脚踏出良田和牧场,粗犷的吆喝声在高原上剧烈震荡。

从远古走来的藏乡人,持矛握戟抗击过外来侵略者的铁骑大炮。艰苦的抗击,闪耀着藏乡人守家卫疆的永不磨灭的光芒,昭示了民族种族的神圣尊严。

千百年后,在喜马拉雅山脉,在雅鲁藏布江畔,当你看到如此豪放雄壮的藏乡人,你定会为他们致以崇高的敬礼。而藏乡人依然会迈着他们坚定的步伐,追着时代的脚步不停歇地前进!

发表于1992年4月5日,《西藏日报》副刊

藏乡风姿

饥饿与贫困，顺着你旋柳皮般沟沟壑壑的面孔，涌成小溪。

从童年延续而来，岁月于你铸就了一副坚韧的躯体，犹如一棵千年不变的巨树，太阳坚硬的光也无法使他们背井离乡。

奋力曳起朴拙，诚实的桶，每日啜饮着饥饿的水以及水中的自己，将苦难与辛苦——释为清风。

坚强，刚毅，似乎血液流动的躯体永远不知疲惫。村口山头，那生硬的裸岩上，蹒跚的脚步印证了无数的美学断层。

藏乡人，假如终有一天你幡然倒下，时光再塑你的风姿，定将伟岸如山！

发表于 1992 年 4 月 5 日，《西藏日报》副刊

吉祥的山村

晨雾犹若三两句喃喃呓语,羞答答的鸟儿高声吟哦一种韵律。这时的山村,像花朵盛开一样的歌声又响起来了,芳香沿树疏密荡漾。放歌者身着氆氇藏装,肩背竹篓,在弯弯的山石路上,悦耳飘扬的歌声映红了山巅上的云。

一股倾心热爱贴在脸上,依路而生的翠草,缀满了美丽浑圆的歌影。难怪山村如此真切透明,难怪缕缕阳光会哗然漫来。

一匹马,背驮货物,蹄音像流水一样,没有吆喝声,没有鞭打声,踏遍山村,用汗水洗出强悍的性格。

一年四季,吉祥的山村,迎着阳光和雨水,总是那样的默默无闻。

发表于1992年4月5日,《西藏日报》副刊

高原之海

一

只有风的弹奏和芨芨草的舞蹈，只有牛铃的催眠和放牧人的足迹。沙海，筑成一道铜墙铁壁。

一粒沙石确实渺小，无数沙粒簇拥在一起，就能聚成沙海；一粒沙石确实枯燥，千万沙粒紧紧拥抱，就能聚成一道沙龙。

不信，你到冬季的雅鲁藏布江畔去看！

二

一片、两片、三片……一夜梨花摇落，满眼银装素裹，碎玉铺成地毯，透亮的雪海，洁净得一尘不染。

融冰冷，摩擦出沸腾的热量；信严寒，孕育着温暖的春天。然而，你把自己融化给人类。

高原，是中华民族的江河之源。没有雪海，源从哪来？

三

绿的波涛，绿的瀑布，绿的漩涡。

虽没人浇灌，但寂静的山林，有着不凋的生命。你把高贵给了人们，自己却在风雨惊雷中生活。

高原林海藏在深闺，没到过高原的人难以想象高原林海的存在！

四

她坦荡的胸怀，哺育了牛羊；她鲜嫩的青春，陶冶了牧人的性格。万顷碧绿的深处，蕴藏着多少瑰丽的珍珠。

草海，高原民族的财富宝库，从不索取什么。她像自己胸怀里的牛羊一样，吃的是草，挤出的是奶。

只有高原草海，能见证高寒的严酷。还有谁能比高原草海的生命力更强大么！

五

绚丽的花朵，织出七色彩练。

每一朵都充满诗情的芳名，每一瓣都包含画意的娇容，构成云蒸霞蔚的奇景。玉蕊含露，落霞迎风，姿影婆娑，丽容闭日羞月，长在高原，其形态愈翘，其神愈俊逸，清香阵阵，沁人心脾。

她不仅带来了色、香、美，长在高原的它们更让人精神为之一振！

六

她就是贝壳！那五光十色的花纹是脉络，那圆润的外表是肌肤，还有那突兀的棱角是叶柄。

高原的贝壳不在海滩，而藏在岩石中。你随便敲开一块岩石，能在夹层中看到那些可爱的古生物。它们永远地雕刻进岩石层。

其实，被浪潮抛在一旁的，并非都是泥沙，还有贝壳。

高原也是古生物之海！

发表于 1992 年 6 月 13 日，《西藏青年报》副刊

藏乡插经幡的习俗

雪域昔影

藏家屋顶上的旗幡

在多少代人的渴盼仰视中升起,一片跳跃的五彩色,燃烧着傲岸不屈的民族之魂。

这是灵与魂合成的旗帜,如同仰天的壮士,在寒风和雨雾中,铸成一篇生命的哲理。

沿着平阔的屋顶深深的信念和不停地祈祷,我们用手挽到了一种衔接历史的古老声音。

那是旺盛的生命彩浆的沸腾,骨的精髓和太阳滴落的汁液凝固成的旗帜。

迎风招展的姿影吸引着亘古守望的高原民族,烙印青山干渴的记忆。

如果没有在狂蛮的漩涡和激溅中岸然的骨架,怎会有你亿万年在屋顶上把一个信念紧紧固定。

只缘于我们民族的英魂,塑成坚硬的躯干,升向旭日相与结邻。

发表于《诗刊》1992 年,第七期

第 八 辑

雪　线

站在雪线，四野如帘卷秋水，微响滴露，凝成无数盲点。

有一种声音渐渐地明亮起来。

升空的虚幻，让柔和的调子流到视觉深处，是云是雾是雨是风？

扶摇直上时，花团锦簇铺一片祥云。

白雪被阳光晕染，在树梢头吐着血红。结了晶的针叶，等待着机会融化。

远方看似一抹淡淡的水墨，拥挤的峰峦，将头颅塑成群雕，表现着世间崇高的欲望。

什么都想爱，又什么都不存在，雪线空寂。

白与绿交界处的琴弦，就这样弹奏着雪线的久酣初醒，弹奏着阳光的羽衣霓裳。

蓝天如海，凭借这龙蛇徐步的抒情，将喜马拉雅的峰峰岭岭，幻作一块小小的冰盘。

旅游者娱人娱己，愿此生魂走天涯情在雪线。

雪线上飘来浓浓的疑云。

雪线上挂满奇巧的谜语。

哦，我发现雪线一个完整的秘密。银白素裹着厚重的

雪域昔影

情愫,翠绿蕴含着无限的温馨。在这里,我惊叹大自然的神奇。

发表于 1992 年 7 月 20 日,《西藏日报》副刊

爱憎分明的高原雪线

阳　光

从阴云的皱纹里漏出一片微茫的、沉浊的白雾，也曾在寒冷的心上旋起温暖。

从草原雪山的峡谷里穿过，似一袭飘忽的裙裾，金灿灿的，仿佛神女正在峰顶眺望。

从黎明的地平线上跃出，在东方天际撒下万千银球，万千银球滚动不息。

阳光，我到处寻觅过你，我到处和你相遇，我到处沐浴着你赐予的信念和热量。

在高原，我又一次发现你，是一次最新的发现，是一次最美好的相遇！

高原的阳光，多么明朗！从一碧如洗的天空到我的书房、卧房和心房，无比亮堂！

是不是因为西藏的空气里灰尘最少，最纯净，还是因为西藏的海拔高，离太阳最近？抑或是上苍从来最公平，给环境艰苦的西藏赐予的阳光最多，最充分？

发表于1992年7月2日，《西藏日报》副刊

走进佛堂

藏香的烛光在这里列队等待,经偈的旋律煽起无声的翅膀。

佛祖高僧在沉思,金刚度母在沉思。

一半像仁慈睿智的老人,一半像温柔多情的少女……

一万年的诗章喃喃述说,一千零一种美丽让人们依次鉴别。

酥油花开放求索的情绪,紫烟袅袅升腾起仙姿般的理想。

智慧的滴露在哲理的藤蔓上慢镜头滑翔,青铜结构的雕塑涉过漫漫长河漂泊成耸立的高崖。

崇高的信念挥写肃穆的心态,浩浩生灵航驶天国的桅帆。

金碧辉煌收藏了创造者的智慧,珠光宝气积累了数代人的财富。

葳蕤的氤氲熠熠生辉满堂芳菲,人们走进这里如同走进一座圣宫。

发表于 1992 年 11 月 13 日,《海东报》副刊

向晚的情歌

传闻卓玛流浪去了,仓央嘉措也去青海湖畔寻找诗与远方了。他们的灵魂飘散成向晚的情歌,在雪山与雪山的起落间,横陈着冰霜的憔悴。

他们是在不知是什么时候的时候走的,据说卓玛走时嘴里还唱着仓央嘉措创作的那首情歌,据说仓央嘉措在前途飘雪的纯净里,仍写出许多孤独的情歌。情歌传递着他们的忧郁,他们的美丽。

原也是一颗瘦损痴迷的心,就染着生命绝世的清芬;原也是一片不为收获而耕种的土地,播种着不擦胭脂的风情。

他们在与尘嚣的对坐中,却说岁月轮回。卓玛的眼睛是布达拉宫金顶上不生锈的风铃,敲响了一串串深邃、遥远的钟声。仓央嘉措在追寻诗与远方的生活中,再也没有写过情歌,而是把六字真言念得水起风生。

传说他们真的是流浪去了,他们的灵魂飘散成向晚的情歌,在雪山与雪山的起落间吟唱。

发表了1993年3月6日,《拉萨晚报》副刊

雪域昔影

冷月风铃

冷静出圆缺，变幻淡淡光波，有冷漠，有柔和。

冷幻出桂树嫦娥，柔化了东西南北风波，冷却出汉唐风骨，柔光照彻悲欢离合。

潮汐的涨落，是你给大地的亲吻。周而复始的光顾，是你对母亲的忠诺。

有风是铃，无风是钟。

静静悬于青春之檐，风吹过，便有空气之音。穿墙而出，走进深深的树林，击响鸟鸣。

无风时节，总有诗在铃中孕育。

发表于 1993 年 3 月 6 日，《拉萨晚报》副刊

第八辑

古老的藏乡

其实,也不必那么心急,转过拐角,时光依然青翠,走过去的就归入古老的风景吧。

——哪管覆盖着落红。

——哪管覆盖着青葱。

我们的目光,最好总在雾的前方相约,双脚就会永远充任生命的载体。

——踏着希望。

——踏着真实。

发表于1993年4月10日,《拉萨晚报》副刊

雪域昔影

黄飘带

直路,不必走到尽头。走到尽头还往哪里走?有山,不必登到顶峰。登到顶峰还有什么可盼?

此时此地,我怀念的那个人,我怀念的那桩事,早已风光为无限视野。

黄飘带飘到远方,细节也被天蓝淡,难道我还等把自己变成石碑,再依然挪下山去?

发表于 1993 年 4 月 10 日,《拉萨晚报》副刊

古 歌

　　从季节清淡的梦中,将片片绿叶作为记忆。在许多岁月的夹岩之间,有风,这正是一种抒情。

　　神佛从睡梦中醒来,白铜的刀正是银酒杯的伴侣,一年的脚印被悲鸣的声音拥抱,藏乡的子民永远在马背上唱歌。

　　藏乡还保存着老人的古典,山河间散落着鹰的翅羽,子民们呻吟呼唤天边的神,向太阳唱着悠远的古歌。

　　女神在山脉沉默,江流缓缓的心跳中,一股似烟的浪,流过藏乡人的心中。

发表于1993年4月10日,《拉萨晚报》副刊

空心树

　　站立在一片葱郁之中——半边枯萎，半边腐烂，犹如远古留存下来的白生生的骷髅。

　　但它活着，一层厚厚的枯皮，几枝稀疏的叶片，也许春天还会开几朵瘦瘦的花，晚秋里还结几枚干瘪的果。

　　斑驳的年轮，雕刻着曾经峥嵘的时光；粗硬的根系，写满了青春时辉煌的历史。

　　春风掠过枯干新枝，随着风信子的足迹，人们在空心树的周围，发现了虎虎崛起的幼林。

发表于 1993 年 4 月 10 日，《拉萨晚报》副刊

牧乡吟唱

一条弯弯曲曲的草原小路。

一个含意深刻的生活命题。

骏马,在草原上狂奔,势如千里狂涛,一泻不可逆转。

然而,它却跑不出牧场的围栏,挣不脱牧人手中的缰绳,卸不下沉重的马鞍。

牧人的歌,是一条比岁月还要悠长的河,将蓝天洗得澄碧,将云彩洗得洁白。

然而,牧人却永远走不出大草原,走不出绿草地。离开了草原,牧人还算牧人么?离开了牛羊,牧人还能生活么?

马蹄凶猛地叩击着草原。

目光是伸长的手臂,抚摸着天地,感觉着天地的内涵。

哦,牧乡,是不甘寂寞,还是在期待着什么?

草原,骏马,牧人,在这里共同讲述着一个剽悍的故事,共同创造了牧乡的历史。

发表于 1993 年 4 月 3 日,《西藏青年报》副刊

雪域昔影

黑牛毛帐篷

传说,黑牛毛帐篷是仿照格萨尔王的征冠制作的。细想,黑牛毛帐篷还真的像寺庙的鸡冠法帽。

仿佛一把巨伞,一隆苍穹。

草原是辽阔的。可是,草原上的人们却有着自己独立而相对封闭的世界。

那里有牛粪火烤红的传说。

那里有鲜花盛开的季节。

那里有六弦琴和岁月的对话。

那里有执着的追求和火热的渴望。

那里有一轮古老的太阳,一颗跳动的心脏。

毛驴车上装满古老的风俗,装满一个民族的精神与物质。

哦,草原!

发表于 1993 年 4 月 3 日,《西藏青年报》副刊

走进牧乡

穿过乱纷纷的思绪,穿过错综复杂的人际关系,穿过噪声,穿过城市,穿过岁月密密麻麻的丛林,扑向你——

扑向大草原的宽广和恢宏。

扑向大自然的自由与和谐。

溶入碧绿的河流。

化作一滴露珠。

化作一缕空气。

化作一丝清风。

抑或我们就是青青的草,膘肥体壮的牛羊,在山坡上,自由自在地啃着大自然无私的给予。

太阳从九霄空中,伸下温暖的手指,轻轻地抚摩着我们的皮肤,抚摩着我们变得宽广无垠的胸膛。

这个时候,我们是草原之草

——只有生长!

发表于 1993 年 4 月 3 日,《西藏青年报》副刊

云　笺

　　天边那一片洁白,是一页飘逸的诗笺,那上面写着我遥远的思念。

　　那是一叶蓄满感情的帆,乘着富于力量和灵性的风,悄然飘去。

　　像一支高明的画笔,在蓝色的画屏上,创作出一幅幅充满诗意的画。

　　画马,昂首长嘶,举足待发;画湖,画白鹤亮翅;画海,画船的风帆;画雪山,映衬着帐篷点点……

　　云是天,天是云。云天的心胸宽广。

　　云是欢乐、勤劳、美丽的。

　　云把人生的哲理,别有用心地写在云笺上,展现在人们面前。

　　云笺,令人遐想,给人启示,促人奋发。

发表于 1993 年 9 月 4 日,《拉萨晚报》副刊

藏乡，生长着一种永恒

绿色的绸缎上，珍珠玛瑙到处撒。一圈圈的牦牛，一圈圈的羊群。

主人请我喝酥油茶，还有奶酪和爆青稞花。盘腿坐在羊毛卡垫上，品尝草原母亲的温热如酥油茶般香的生活。

帐篷里供佛堂，佛龛架在藏式台柜上。台柜上供奉着虔诚的宗教信仰，一幅历史的画册。班禅大师的彩色照片，正凝望着我。

——是在询问西藏的开放，还是整个藏区的宗教改革？是在讲论藏传佛教的经典，还是探讨以寺养寺的理论……

黑牛毛帐篷顶上的玻璃天窗，传来了云雀的歌声，像牦牛背上牧民褡裢里的半导体，音律无比高远，无比辽阔！

优秀的藏乡民间文化，如一条灿烂的历史长河，在黑牛毛帐篷里展示，在牦牛背上闪烁。

藏乡，生长着一种永恒，它的名字叫藏乡文化。

发表于1993年10月3日，《西藏日报》副刊

跳丧舞

——西藏的高山游牧部落,人死之后,要跳丧舞,其俗历经千年不衰,至今流传。

躺下了,如草原上冬季的草,留下开不败的日子,殡葬前罩一层古铜色的氛围。

坚信冬季过了,草还会发芽;人死去了,灵魂不会寂灭,还会转世!

几声长筒法号散开寂寞,牛皮大鼓怦然掀起激情,天穹弯下了腰,倾乱云翻飞,泻波涛如涌。溟溟之海,送你而来,送你而归。

火热与冰寒,生长与消亡,只因舞前与舞后交合了两个世界,颤抖成一种无声的呐喊。

舞步里没有失声痛哭,灵丧前却载歌载舞。舞步跳亮了山野的篝火,在丧舞的音乐里栽培想象,灵魂濡湿了山谷。

对着亡灵,或挺胸文身,或祈祷图腾,或面涂酥油,或嚎吼丛林……

老人、妇人、亲人、牧人,跳呀跳,吼呀吼……

于是,有灵魂便在高山牧场生长。唱生、唱死,唱一种灵魂的生长,唱一种灵魂的消亡。

于是，高山牧场似未来沉隐远方，夜与昼在那里追逐，看不清生活的表情，有如窗户，寄出一个慰藉的问候。

鼓声高扬，舞步酣畅，不是为了灵魂送葬，而是为了灵魂新生。

四季年年花开花落，秋收冬藏，春生夏长，皆是为了那个看不见的来世。

生命，紧紧地握住太阳。

发表于 1993 年 10 月 3 日，《西藏日报》副刊

跳起吉祥舞

孔雀舞

一屏彩色的羽毛,从此亮丽在翠绿的山谷。翩然而起,撑起一个平衡的世界。

梳理打扮起舞蹈的彩裙,单调地数每个日子,渐渐将耳膜震撼,有种解释不清的诱惑力,正一点一点地渗透肌肤,吸引着也震荡着。

柔软的节奏,细腻的旋律,鼓点和着跳跃的脉动,音律激起展屏的渴望,呼吸开始沉稳而有力,生命再一次勃发光彩。

竖屏展翼,彩翎熠熠生辉。

弯槌鼓点密集,明天的射灯隐含着多情,用霓虹的七彩温暖阴郁,冷却的一切重新沸腾。

起舞,柔情四布。

发表于1993年10月3日,《西藏日报》副刊

第九辑

作者在故乡

故乡，那个村庄

故乡，那个村庄，戴着桃花、杏花、沙枣花，挂着葡萄、石榴、柿子，穿着绿色的裙子，黄色的衣衫，一幢幢新瓦房，引来一队队燕子筑窝时啁啾的交响……

月光钻进玻璃窗，听那咯咯笑声，阳光给乡村贩运农产品的车轮铺上地毯，淡淡地涂抹朝霞的胭脂……

那曾是赤足的污垢，那曾是愚钝的目光，都一股脑儿，掖进历史的角落。然而，就在这片土地上，有另一个村庄，桃花却开得稀疏，苹果花也难引来鸟儿的欢唱，像个憔悴的老妇，呆看悠悠远去的白云。

我理解这个村庄，她也是我的故乡，她不会自暴自弃。有那么一天，她会和家乡所有的村庄一样，像雏燕张开腾飞的翅膀。

发表于 1985 年 8 月 5 日，《安康日报》副刊

绿色的梦

我生来喜爱绿色,爱做绿色的梦。

爱那绿的清韵,绿的神采,绿的枝蔓,从那绿的纤梢上寻觅涉世的视野与起步的鼓声。

绿色的梦给了我一条绿色的河流,让我在那湍急中试舟荡桨,练就闯险的性格,为使年轻的肌体不在平静安逸中萎缩。

如果说,绿色在季节中只占据某个时令,对奋进者来说,则将溢满整个人生。

正是绿色的梦幻不断将虚无推向现实,不断开拓,不断认识,不断反思,不断超越,才奠定了道路的坚实。

我爱绿色,不仅爱她象征生命,更爱她象征无畏和永恒……

发表于1985年8月5日,《安康日报》副刊

故乡的翠竹

故乡的翠竹犹如一片绿色的云。掩映着故乡精巧的房屋，掩映着山林中的村村寨寨，掩映着一片美丽、富饶、神奇的古老大地……

故乡的翠竹是温柔的，像那温柔的母亲，精心培育一棵棵刚刚拱出土层的新笋，教它们长得正直，蓬勃向上，成材后，好去造福于人民。

故乡的翠竹是刚强的，像那片土地上同时刚强地生长着的松柏，不畏严寒，枝叶碧绿，充满无限生机。它们给生活增添色彩，给故乡的父老乡亲的心中透出一片春意！

我愿成为一棵故乡的翠竹。

发表于 1984 年 2 月 7 日，《安康日报》副刊

雪域昔影

故乡的梦

　　故乡的梦，不是在鸟语花香里编成，也不是在山清水秀里织就……故乡的梦，在田野上孕育。

　　春天，老黄牛的哞叫，犁尖上的汗珠，鞭梢上的炸响……播种着故乡的梦。

　　田野里，种子在萌发，吮吸着土地里的精华，便开始酝酿着故乡的生活。

　　终于，生命的幼芽，顽强地拱出地面，片片叶子，沐浴着阳光，碧绿透亮。故乡的梦境中，撑开了绿荫一片。

　　于是，银锄伴着骄阳，在故乡的田野上，在老人们的笑纹里，在年轻人坚实的肩膀上，在姑娘们妩媚明眸的波光中……

　　哦！在故乡的田野上，终于迎来了成熟的希望。

发表于1984年2月7日，《安康日报》副刊

我梦见故乡那条河

故乡那条像绿色缎子一样美丽的小河，梦境中流进了我的心里。

我记得那雾蒙蒙的早晨，那一簇簇鲜嫩的青草，还有那湿漉漉的笑，装进草筐。我顺手折下一根柳枝，手一拧，变成一根绿色的柳笛，贴在嘴上，便会学着各种鸟的叫声，可以以假乱真。

还记得那繁星闪烁的夏夜，在河边，我们一群小伙伴，伏在河岸边，等待青蛙跳上岸边的草丛，便似猎手般扑上去，捉住那滑溜溜的绿青蛙。青蛙会不服气地在我们的手心中"咯哇咯哇"地叫个不停。

还记得那秋末的正午，我踩着橘红色的水花，或肩扛红高粱，或背着苞谷棒。那情景，故乡的田野像盛满红色葡萄酒的太阳杯。越过那条河，我看见，家乡在秋色里也熟透了。

哦，故乡的那条河，载着我童年的记忆和故事，流淌着我的纯真和幻想。我梦见了故乡的那条河呵，那一朵朵撩人的浪花，还常常打湿我如今的梦！

发表于1985年2月26日，《安康日报》副刊

雪域昔影

故乡的香气是醉人的呀!

淡月渐隐,夜色浓浓。

故乡呵,你可曾入睡?

捧着一盆香馨馥郁的花盆,我把它轻轻搁在窗台上。

故乡的那扇窗户可是开着的么?

露,湿了我的头发,我呼唤着风。

你一定在做着思念游子的梦。还记得那个扛着扁担上山打柴的农家少年吗?还记得那个把柳笛吹得醉了鸟儿的顽童吗?还记得那个赤裸脊梁躺在月下打麦场的情景吗?

风,从故乡吹来的甜丝丝的风呵,在你那遥远的窗棂上,印着我思念的诗,绘着我童年的画……

你一定睡得很香很香,香是醉人的呀!

发表于1985年2月26日,《安康日报》副刊

凤翔的翅翼

——贺故乡凤翔撤县设区

仰望星空云飘,临听凤翅音韵。五千年,曾经到达辉煌的峰巅,曾经也是落寞的边缘。

饮凤池仍在,却不见凤凰饮水;曾经干涸,幸有喜雨亭的春雨滋润,如今东湖眉清目秀。东湖柳,西凤酒,姑娘手,将昔日贫困的窘境,化作一茎叶草,砥砺生长。

风雨中,历经一次次世间沧桑。曾被掩埋,曾被燎荒,大火过后,灰烬模糊了眼睛,仅存一丝盼求富裕的奢望。一声叹息,碎了一地西秦的月亮。

但,故乡依然坚信,因为你曾与辉煌有个约定,一定要让凤凰飞翔的地方,披上人间最美的霓裳。如今,凤翔撤县设区,其时乘风济浪,那飞翔的翅翼,检阅每一寸土地,检阅每一朵云彩。你看,在这个如期而来的春天,滋润的种子,在一千一百七十九平方千米的地域上,浴火重生,发展的梦呵,可以不再流浪。凤凰,凤凰!凤翔,凤翔!

太阳破云而出,人气托扶着凤凰的羽翼。向前,风挽波涛,信马由缰。注定,行走的方向,会谱写最激动人心的华章。踏着季节的韵律,轻盈、浩荡。雪融于阳,草萌于春,

雪域昔影

一声高速快进的汽笛,引故乡城野笑声激荡。

2021 年 1 月 29 日于西安皇城

凤翔东湖凌虚台

第九辑

中秋之夜

谁的剪影，掩映在银河碧蓝的星空？白云化作皱纹的笑靥，月亮醉了，惹得一片苍茫的萧瑟。

嫦娥养的那只玉兔，伸出舌尖，舔着夜月的余晕。陶渊明伴着那位鞋匠，品味着采菊东篱下的悠闲。李太白举杯邀月，思念着如今不知是萧条还是繁荣的故乡。苏东坡呼号着大江东去的如虹气势，享受着千里共婵娟的滋味。只有董永的眼睛，饱含着深情的渴望，想象着七仙女未知的情怀。还有那寂寥的农家小院，容不下有月无影的滋味，打捞着碎碎的情思，扛起了没有炊烟的晚餐。月饼，谁吃呢？

尽管，归巢的鸟儿，倦了，还能驮着斜阳回去。可是，空心村的人们，累了，该到何处歇足？风摇动着枯瘦的叶子，寻不到化作秋泥的归宿。所有的曾经，已在憧憬中迷路。闲愁无边，风景藏匿于朦胧月色的深处。谁的心曲在为痛而歌！

2021年9月19日作于西安皇城

雪域昔影

梦回西藏

倏忽间,秋风烈阳,凡尘风华,芜杂心底落满霞,渐糜思绪抛琮瑕。

机舱高悬,俯窗西望长空,马知人意亦回头。烟云浮世,暮日沧桑,天涯成痴风露柔。有谁知,心底事?

曾经的造访,只为心中的信仰。天墟,遥不可及。只有梦,相伴身旁。远在天边,魂牵梦绕,我心中美丽的西藏。一切,来不及解释,唯有祷告,西藏平安,同胞康乐!

凝望,引颈凝望。绝美,只属于西藏!珠穆朗玛的雪峰,羊卓雍措的湛蓝,布达拉宫的金顶,年楚河畔的旋柳,樟木亚东的流岚……还有那飘荡在草原上空的悠扬仙乐。

一切,滋润着我的以往,有绿意和花香!只是,季节无情,已然深秋!

2021 年 10 月 2 日夜于西安皇城

第九辑

六十岁重阳登终南寄慨

　　登上这白云缭绕的终南，心头升起一种超脱凡尘的喜悦。山巅白云，远方天边。心啊，随着高空的一排鸿雁，列队人字，变成一个个远去的黑点。

　　每每，愁绪是薄暮引发的情绪；往往，兴致是清秋招致的氛围。幼年，总希望快快长大；晚年，总希望岁岁年轻。然而，站在终南山巅，远远望去，脚下忙忙碌碌的人们，隐隐约约，小得像蚂蚁。有的匆匆赶路，有的坐着歇累。

　　远看牛背梁林中的树木，好似一丛丛蓬蒿。俯视脚下的古城长安，好似一座座琼楼玉宇。在今天这样的日子里，我们四个耳顺之人，带着食品酒肉，到终南登高，是为了怀古，还是为了惜今？不求眼前风光千古，只求开怀畅饮共醉！

2016年10月9日于终南山

雪域昔影

归零颂

归零,像流星的光芒,在沉郁、浮躁的疫封夜里叹息着,期待着鲜活自由的生活。

归零,像那久远的深夜雄鸡的啼鸣,一更深思,二更深情,三更深睡的天堂里的那一声呼唤,天亮了,人随性了。

归零,让人感觉仿佛陌野依稀、山川依稀、小鸟依稀、街巷依稀,渴望着人间多姿多彩的天籁。

可是,心已归零,身却困在疫楼,太多的小鸟在楼外枝头跳跃歌唱,太多的愁绪缭绕在晨雾弥漫的气氛,依恋着春节将至的悠悠喷香的炊烟。

身在疫区,嫁接那鸟儿飞不起的祈愿,但愿自由在空中翱翔的风雅依旧。隔窗望着月亮依旧,但月亮走我却走不动的哑然和无奈。

终于,疫情清零了。我的心也归零了。

我向往风,我向往云,它们自由自在。我向往云霓,它们随时清零归零!

2022 年 1 月 21 日清晨于西安皇城

街边的梧桐

阵阵寒风唤醒了沉睡中思绪的丝丝忧伤，飘零的落叶诉说着无言的苦涩情怀，茫然与孤独深深伴随着独自漫步在路边梧桐树下的男女，远方伫立着孤孤单单形影相吊的夕阳。

梧桐在繁闹的街边显得那么落寞，像极了大龄的不婚男女，形影相吊难免有一番黯然和心酸浅浅萦绕。

手抚梧桐树上的纹络传送出来的沧桑之感，惊醒了尘世封存着的过去的记忆。水纹般的年轮一圈一圈缓缓敞开，淹没了现实的残酷和无情。

究竟是什么时候，梧桐从一棵无忧无虑的幼树，变成如今这个多愁善感的孤影。为什么城市街道路边的梧桐没有招来凤凰，只剩下那些孤男独女遥不可及的徘徊的身影。

人类的青春已在不知不觉中褪去了青涩的衣裳，留在梧桐枝间和落在路边的黄叶，在冬季如漫卷西风。

一些陈年往事，在梧桐的躯壳里隐痛腐烂。不愿走进婚姻殿堂以及急急逃离婚姻樊篱的男男女女，变得性情浮躁冷漠。它们眼里有泪流不出，心中有事深深埋。当浪漫不愿再在这个花花世界里漫延，梧桐也将会随之在城市的路边消失。因为它们害怕，害怕婚姻，害怕活着，害怕那种为爱而彻底

愤怒的理性。

路边的梧桐将和寒冷的日子一起更加寒冷。人们才明白为什么如今的城市路边再也不栽植梧桐。看对面路边长着一排排四季常青的南方树种的秀丽青葱。

马尔克斯的《百年孤独》像雷电一样，击中了街边枯老的梧桐，梧桐终于记住了一条铁血的真理：一切的过去都是假的，回忆是一条没有尽头的路。曾经的痴男怨女鬼使神差般被骗进了婚姻的迷宫，深陷魔幻之中久久不能自拔。当然，谁的生命都曾经有过灿烂，但终究都需要用寂寞来偿还。因为人类对付孤独，至今还没有好办法。路边的梧桐也不会例外。

激情放在口头上就会变成永远的闷骚。其实人除了欲望之外，浑身一无所有。即便如此，人与人之间，还是会误读并且自嘲和挖苦。路边的梧桐看得最清楚，当一切成为泡影，人间只有孤独永恒！

2022 年 2 月 9 日于西安皇城

第九辑

风雪除夕夜

雪,像喝醉酒的汉子,飘飘摇摇从天庭晃荡着疯狂的舞步,扭扭捏捏地洒落在古城长安的大街小巷。那一朵朵凝结着晶莹的花瓣,经不起丝丝暖意的袭击,着地的瞬间,化成了雨水。那些落在高处不胜寒的柳絮,垒起了一片山舞银蛇、原驰蜡象的大千世界。

夜,黑暗,寂凉!

这是疫灾后的除夕风雪夜。尽管,留在这座古城的空气依稀苦涩,街巷冰冻,坚硬。雪片似战罢玉龙三百万的残甲败鳞,又似上帝派遣来的鹰鹫,撕裂着夜的颜色。

时间的化石在这沉重的除夕风雪夜里远去。街灯像一个个冲锋陷阵的士兵,怒目圆睁,向着一座硕大冰寒而空旷无垠的黑色堡垒,发起冲锋,似乎在喊着:"冲啊!前进!"

地上是苦涩的雪和泥泞的路!

尽管,那只血腥的疫魔,已被剽勇的猎手制服。但是,猎手的双腿"嚓嚓"迈动,却越不过白色的泥泞,步履仍有些僵硬。更严重的是,疫封者的情欲被冰冻,他们想做爱又战战兢兢,在压抑中忧虑,走不出那星夜遗恶的咒符和除夕夜的最后苍白。

依然是默默地守岁,而年味却早已死去!

天使扼杀了一只红色的狼,从此,人世间便没有了狈。冰冻与烟雾,焚烧着楼房与旷野的双肩。温柔乡里,美女帅男相拥清凛的寒宫,融入银色的肉体。

哦,在寂静和遗忘之间,患得患失的本性,变成僵硬的山岗。寂寞黑色的守岁,伴随着红红火火的春晚节目,民俗被久久地钉在了历史的遗忘柱上,追随着逝去的小径而消失,人间只是多了些滑稽的黑色幽默。

当人们醒来的时候,钟声在曾经的远方敲响。隐隐地只看见天地间一片白茫茫银光闪闪,以及那个躺平在没有大年三十的腊月二十九的夜晚。

2022 年 1 月 31 日于西安皇城

第十辑

雪域昔影

作者与家人在日喀则贡觉林宫

高原诗话

一

诗歌是搏击长空的雄鹰,
形象是它的翅膀,
语言是它的翎羽。

二

酥油茶唱道:
"酥油给我醇味,
清茶给我芳香,
泉水给我鲜美,
才有了酥油味。"

三

花开放在楼窗台上,
与开放在茫茫草原上,
其神韵和芳香,
都是一样的。

四

生活是杯醇酒,
诗人应该先醉。

五

诗人问生活:
"我怎样才能认识你呢?"
生活回答道:
"你要把我当作你的爱人,
像热恋时那样热爱我。"

六

优美的诗行,
自会凌空翱翔,
用不着鼓风机。

七

诗人要想打动读者,
一靠形象,二靠技巧,
你看,没有靠关系学的。

八

没有作品的诗人,
就像没有翅膀的鸟儿,
让作品发言吧!

九

诸葛亮在军事舞台上,
表演过"空城计""草船借箭",
赢得了战争的胜利。
在文学舞台上,
就从来没有这样的先例。

十

诗是一种力,
借助感染而放射。

十一

丑对诗人说:
"你赞扬我,
说明你比我还丑!"

十二

不应该要求生活本身,

美如一幅画,

但要求诗人本身,

美如一首诗。

十三

生活怎么会枯竭?

那是枯竭的心在看世界。

十四

猎人对野兽的生活习惯,

摸得越清,

捕获的猎物就越多;

诗人对社会生活,

了解得越深透,

写出来的诗就越动人。

十五

不要埋怨你身边无诗可写,

你微笑,诗就在你的眼睛里。

十六

揭露丑,是一种美,
歌颂美,也是一种美。
诗人犹如灯蛾,
明知会自焚身亡,
也要把自己投入熊熊烈焰。

十七

假如我是一个诗人,
我将用十分之一的歌,
歌唱生活的美好,
而用十分之九的歌,
歌唱它的开创者。

十八

写诗是创作,
读诗也不单是接受。
再细腻的诗作,
也需要读者,
用想象力去补充。
诗人必须相信,

读者的理解能力。
过多的陈设铺垫，
不如一个性格化的行动，
精彩的旁叙，
不如好的细节，
给人印象深刻。
越想说清楚，
越去罗列事实，
堆砌语言，
势必使矛盾静止，
冲突缓和，
艺术吸引力消失。
即便是茅台酒，
一兑水也就淡而无味，
不堪入口了。

十九

诗歌哟，
感染力最强的色彩，
是时代的色彩。

二十

六弦琴如果断一根弦,

发出的声音便会不悦耳和谐。

二十一

谁想用诗沽名钓誉,

谁就必然会受到诗的惩罚。

二十二

多吹起床号,

少奏催眠曲,

这是人们对诗的一致要求。

但是,我发现

那摇篮里的孩子,

眼睛是睁着的。

二十三

人占有权力,便获得权力,

人占有美,并不一定获得美。

二十四

一柄传统的藏刀,

佩在藏族同胞的腰间。
这,多么平凡!
然而,不平凡的诗才,
却可以把它
比作民族的象征,
英雄的魂胆!
诗人用美丽的诗行,
铸成民族的歌。
于是,藏族同胞的
爱情与仇恨,
素质与性格,
热爱家园与忠于祖国的历史,
都在这把短刀的光芒中,
竞放异彩。

二十五

诗的民族特色,
难道仅仅是对于
青稞酒、酥油茶、糌粑的
浅薄描写吗?
不,生活现象必定不是
生活本质。

这正如果戈理
所说的那样：
"真正的民族性，
不在于描写农妇穿的
无袖长衫，而在于
表现民族精神本身。"

二十六

诗不是珍珠，
可以用线绳串起来；
也不是藏族转经老人
手中的经轮，
可以随着捻珠转动；
更不是寺庙喇嘛
所背诵的经典条文，
不解其意，也可照本宣科；
也不是藏乡制作卡垫的工匠，
开个作坊，
便可批量投入生产。
诗是有面容、芬芳，
长着绿叶和尖刺的鲜花，
她的娇艳，

使人为之倾倒；
她的馨馥，
使人心旷神怡。
热恋的人，
将她赠给心上人。
而一旦碰上野兽，
她也会伸出尖利的刺。

二十七

诗不是夜空的繁星，
虽然在漆黑的天幕上
闪闪发亮，
却不能把光明和热量，
投放给大地苍穹。
诗是火炬，
给黑暗中的人们，
照亮前程。
诗是飘动的篝火，
照亮无垠的原野，
使饥寒的人，
得到光明和温暖。

二十八

诗不是草原晨雾中的
奇景幻影,
诗是源源不断的山泉,
给干渴的人送去甘霖,
给悲痛的人送去欢乐,
给绝望的人以力量和希望。
诗是雷霆闪电,
唤醒颓唐的人焕发精神。
诗是启明的雄鸡,
催促人们去生活,去创造!
诗是夜莺的鸣啭,
编织生活的歌。

二十九

"未成曲调先有情"。
作曲是这样,
写诗何尝又不是如此呢?
无"情"的诗句,
犹如一只没有翅膀的鸟,
它是飞不进人们的心中去的。

三十

诗应该明快凝练,
真切动人,
让人一读就懂,
过目不忘。
有些民歌,一经传播,
妇孺皆知,千古不朽。
其理就在于此。
如仓央嘉措
最为脍炙人口的情歌:
"在那东方的山顶,
升起皎洁的月亮,
未嫁少女的脸庞,
时时浮现在我的心上。"
为什么仓央嘉措的这首情歌,
几百年来不胫而走,
异曲而飞,
其奥秘也在于此。

三十一

善用词的诗人,力求朴素,

宛如头茬青稞酒，

其色虽淡，然有醇味。

不善用词的诗人，追求华丽，

如同驴奶酥油，

其色虽艳，却无真香。

三十二

打鱼人总是牢牢抓住纲，

尽力把网抖开撒圆，

然后紧紧把它收回来。

撒不开，

就捕不到大量的鱼儿，

收不紧，

鱼儿就会溜掉。

写诗，也要"撒得开"

和"收得紧"。

围绕主题这个"纲"，

尽量把想象的"网"，

撒得宽广。

在捕捉了丰富的想象之后，

又能把它收回来，

而不至于脱"网"。

三十三

其实,"撒得开"和"收得紧",
是对立的统一。
"撒不开"的诗作,
容易狭窄呆板;
"收不紧"的诗作,
则难免流于散乱空疏。
写诗缺乏想象,
就"撒不开",
只能粘骨带皮,
亦步亦趋地摹写生活;
但想象如果
不是围绕主题而展开,
任凭野马脱缰,随意奔驰,
也难以写出高度集中,
思想深刻的奇篇佳作。

三十四

先进正确的思想,
才是人民诗歌的骨骼。
衣架上的裙衫不美,

朽木搭建的楼房不稳。

三十五

蜜蜂采百花而酿蜜,
采来花粉,给人以蜜糖。
如果把不经提炼的素材,
奉献给读者,
无异于把花粉,
让人家当蜜尝。

三十六

一个诗人,
要想把他思想的火花,
生活的积累,
才华的光彩,
全部地迸发出来,
必须找到能适合于
自己使用力量的支点
——独特的构思。

三十七

最轻的耳语,

胜过最响的雷声。
诗,真实得要死,
又主观得要命。
真实,是诗的极致,
也是诗的最高境界。

三十八

读诗如吃果。
甘美的果肉,
哪怕被包得再厚再紧,
人们也一定会打破硬壳,
去品尝它。
如果只有层硬硬的空壳,
谁还喜欢它呢?
品诗犹如吃果。

三十九

含蓄者,深藏不露也。
首先,要有可食可蓄的
情、景或事,
而且必须是美的、感人的。
如果以雾幔,

掩盖诗意的贫乏，
冒充含蓄，
那是对诗意的莫大侮辱。

四十

把臃肿当丰满，
是一种误会。
假如用一千字的篇幅，
写完一般作者要五千字，
才能说明的故事，
就等于为千万读者，
延长了四千字时间的
阅读生命！

四十一

随便使用华丽的语言，
不能挽救思想的贫乏
和表现能力的低下，
只会破坏生活的真实感。
真理总是朴素的。
朴素是一种
境界很高的美。

精炼常常从朴素而来。

四十二

国画家常常以大片空白,
代替水和天,
比精确地画出白云水色、
波涛汹涌,
更能引起人的想象。
此处无墨胜有墨,
画面上的东西越多,
有时供人发掘美感的
空间越小。
善藏者最善露,
善露者最善藏。

四十三

优秀的戏剧演员演戏,
戏在人身上,
表情在脸上,
并不过多求助于
写实的布景,
就能把角色演活。

舞台的美术设计者，
用攒麻雀的一根竹竿，
梢头拴着一把扇子，
就能表现出田园景色。
这些，对我们写诗，
是不无启示的吧！

四十四

思想内容和生活内容
贫乏的诗作，
就像藏乡秋野青稞田里
矗立的空心草人一样。
当轻风徐徐拂过，
斜阳染红妩媚的远山，
它却连向前迈出一步
的自由也没有。

四十五

任凭枯死的树枝上
生满绿苔，
也长不出
充满生机的绿叶。

那枝条上的点点芽苞,
才饱含着真切的春意。
这才是诗的灵魂!

四十六

用冷静的诗句,
控制激荡的感情。
以停顿的笔触,
孕蓄惊雷的声响。

四十七

诗中之哲理,
犹如芬芳之于花,
甘甜之于蜜,
骨骼之于鸟的翅膀。
当苍鹰腾空而起,
你看到的,
只是刚健有力的形象,
而不是哲理本身。

四十八

诗人的脚,应站在

前人构筑的台基上，
为后人构筑新的更高的台基。
或者说，诗人总是
从前人手中接过火炬，
然后又传到后人手中。
如果诗人想
一切从我开始，
无异于异想天开地
回到钻木取火的
原始时代。
恰恰，有许多新诗人
正在做着这样的
傻事和蠢事。

四十九

什么是诗的"酥油味"，
我以为，就是：
从藏家屋里掏出的情思，
从农牧民嘴里接来的语言，
从草原林野采来的
小花般的活泛的形象……
当然，这情思必须经过

诗人心灵的孵育；
这语言，必须经过诗人
艺术的筛选；
这形象，必须被诗人
调理得新鲜、水灵。

五十

寺庙的壁画，
设色淡而深沉，
艳而清雅，浓而古厚。
藏谚云：白间黑，最分明；
红搭绿，花簇簇；
粉笼黄，胜增光；
青夹紫，不如死。
藏谚给诗人上了一课，
诗要反映藏族生活的色彩，
必须抓住藏民族
喜爱色彩明爽之特征。

五十一

诗的语言犹如树叶，
紧紧连着枝干，通着树根。

如果说,一棵树上
没有两片相同的叶子,
那么,谁能采摘
不同树上的叶子,
重新组成一棵树呢?

五十二

诗的追求,可概括为:
自然、朴素、
神秘、凝练、
含蓄、真诚。
诗行的排列,
是诗人情绪的流动;
诗句之间的空白,
是一种神秘的语言;
诗里蕴含的韵律,
是一种无声的音乐。

五十三

诗的高层建筑,
谓之音乐美。
高屋建瓴,气势恢宏,

是诗的音乐美；
小家碧玉，纤巧温婉，
也是诗的音乐美……
诗韵在若有若无之间，
贵在形成一种内在旋律，
呈现出打动人心的内涵，
相对来说，
诗的画面美是低层建筑，
贵在形象、生动、真实。

五十四

诗贵简，
简为诗之尽境。
简后才能达到：
笔老、情真、辞切、意当，
神远而含藏不尽的高境界，
新诗中流传的最大弊端，
就是直白和故弄玄虚。
只有诗行间的空间广阔，
才能创造思考的余味。

五十五

与其把诗当作果实,
莫如把诗当作种子,
因为希望总比成就
更美一些。
诗是架起一座
通向真善美的桥梁。

曾连载发表于《西藏日报》《日喀则报》副刊

雪域昔影

跋

　　少年时代,我特别喜欢宋词。喜欢揣摩它的意境和韵味。尤其是那种富于变化、跳荡多姿的长短句式,具有一种独特的音律美。

　　记得有一次,夜读《三国演义》,读到精彩处,我激动得从家乡的土炕上一跃跳起,高吟着苏东坡的《念奴娇·赤壁怀古》:"大江东去,浪淘尽,千古风流人物……"竟一口气爬上十五华里外的周公庙后凤凰山下的石岭之巅。那岭巅长着一株粗柳,站在树下,又情不自禁地长吟毛主席诗词:"东方欲晓,莫道君行早。踏遍青山人未老,风景这边独好。"等到一轮红日喷薄而出,继而高吟"天高云淡,望断南飞雁,不到长城非好汉"。

　　此时此刻,放眼周原大地,一派肃穆祥和,炊烟四起,一块一块的农田纵横交错。我坐在柳树下闭目稍息,又默诵起苏东坡写于我家乡凤翔东湖的名篇《喜雨亭记》:"周公得禾,以名其书;汉武得鼎,以名其年;叔孙胜敌,以名其子……太空冥冥,不可得而名。吾以名吾亭。"

　　也许是少年时代特别喜欢宋词,喜欢苏东坡的缘故,对我后来的散文诗创作影响很大。在西藏,我是一名新闻记者,被称为耳目喉舌,本职工作是采写新闻稿件,而新闻贵在让事实说话,讲求客观公正真实,不允许掺杂记者的主观色彩。但采访所得往往丰富多彩,采访现场又令人激情澎湃。于是,在采写新闻稿件之余,我选择了散文诗,选择了这种轻捷的用形象说话的最适合表达自己感情的混血文体,也被称为文学领域里最纯粹的喉舌。每当我构思一篇散文诗时,总像填一阕词那样,揣摩它的意境,琢磨它的韵律,估量它的篇幅,控制它的节奏,然后决定用"小令"还是"长调"。

20年的西藏记者生涯,使我积累了丰厚的藏学知识。我喜爱《仓央嘉措情歌》《格萨尔王传》《米拉日巴传》《西藏王臣记》等等西藏历史文化底蕴深厚的著作。在西藏,无论是从事新闻采写,还是散文诗创作,我尽量从西藏历史文化的积淀中,汲取营养,以增强作品的民族特色,体现高原的民族精神。应该说,我在这方面的选择和尝试是成功的。以我的个性、学养,以及所从事的新闻工作的特点,加之业余时间较为零碎,因而选择散文诗是明智的,它既有诗的凝练、精警,要求炼意炼句,又有散文的敦厚、激情,要求寓情于理,最适合一个新闻记者的表达口味。

上大学时,读泰戈尔《飞鸟集》,感到非常震撼。读了诸多藏族先贤的著作,再到喜马拉雅山南麓实地采访后,才终于明白了泰戈尔为什么能写出《飞鸟集》那样伟大的作品。因为泰戈尔出生于印度的加尔各答,其文化地理脉系与西藏的喜马

拉雅文化地理脉系同源同根，是生长在一根藤蔓上的瓜。比如早在元代，萨迦派四祖萨斑·贡嘎坚赞所著的《萨迦格言》，其风格就与泰戈尔的《飞鸟集》有着异曲同工之妙。也就是说，只有在这样的地域，这样的环境，这样的文化背景，这样的土壤里，才能产生这样超脱的作品，才能给人以美感，能让人在寂寞中坚守高雅的天性，带给人慰藉和温暖，让人们的梦想和良知在灵性的文字里复活。

20世纪80年代末90年代初，我一边采写新闻稿件，一边创作这些散文诗，并全部发表于报刊。当时本想结集出版，只因职务频变，工作不稳定，应付日常工作尚且力不从心，也就无暇顾及其他，总想来日方长，等等再说，这一等，等了将近30年，直到退休。屋漏偏逢连阴雨，刚退休的几年时间里，由于长期在西藏高原超负荷工作，患上一种高原缺氧后遗症。平日无碍，发病时呕吐，能把五脏六腑吐翻，浑身冷汗淋漓，顿感天旋地转，血压血糖瞬间奇高，随时有生命危险。循环往复治疗了几年，尚未查清病因。有医生诊断为"美眉儿"（梅尼埃）病。多么好听的名字，实际上一点儿也不美，还"土"（吐）得不行。也有医生怀疑患低血糖，但测量结果，血糖却高得离奇。还有医生诊断为间歇性心脑梗，但此时脑子却极为清醒。在这种情况下，我拿出当年在西藏拼搏的劲头，一次性彻底戒掉抽了30多年的烟瘾，停了常年口服的高血压、高血糖药物，坚持每天锻炼身体，体重从180

多斤减到150多斤。随着身体状况的好转，才再次想到整理这些散文诗。

1990年，我的第一本散文诗集《藏边拾翠》，由西南交通大学出版社出版，共收集了20世纪80年代发表在全国各地报刊上的散文诗124篇，分为五揖，分别为"高原二重唱""生活五彩谱""高原风景线""藏边风情录"和"晶莹松耳石"。这次收入时有些没有改动，保持了原貌，有些做了较大的修改，主要是时过境迁，对有些题材有了新的认知。而90年代初期发表的160多篇散文诗，此次收集整理时基本没有改动，保持了原汁原味。在这次收集的300多篇散文诗中，我没有对分辑进行命名，也没有按照写作或发表的时间顺序排列。因为我觉得，其内容均为记叙西藏的风情风物、古老历史和建设新貌，是一个整体。因此，我宁愿顺着自己的意识和感觉排列它们，让文随人意，而不愿用自己的思维，给它们戴个帽子，去禁锢读者的想象和思考。

从2020年4月开始，近一年的时间里，我在微信"美篇"和朋友圈中，将原来发表如今又重新整理过的散文诗，每天发一篇，阅读量和反响还不错，这更坚定了我出版这本书的信心。说真的，我已六十有九的年纪了，不再求取功名，目的是对自己过往的这段创作历程做个总结，同时也愿这些作品对读者有所启益，能起到宣传西藏美化西藏的作用。

西藏确实很美，也是祖国大家庭中的一个组成部分。境

外的达赖集团及西方的反华势力,不断在国际上掀起所谓的"西藏研究热",煽动分裂,抹黑中国。而我作为一名在西藏第一线工作奋斗了20年的新闻记者,也有必要有义务和责任,把自己当年真实记录的那段西藏历史,把自己的所见所闻、所思所感,留给后世,见证历史!

在创作这些散文诗时,我力求忠实于自己的思想,力求敏锐洞察自然和社会,力求表达自己真实的心曲,力求把西藏高原的山光水色、风土人情、人文民俗以及西藏人民的新生活,以一种清新明快、优美隽永的风格展示给读者。我期望通过这些散文诗,能让读者看到,仿佛雨后的草原清晨,推开卧室的窗户,看到一个淡泊清秀的西藏,一切都是那么清新亮丽,既让读者能从中悟出一些人生哲理,寻觅真理和智慧的源泉,又让读者能体会到西藏山河的厚实和韵味,激发热爱西藏的情感。

在整理这些旧作的时候,我的思绪一次次被拉回那飘浮着紫雾青烟、寒凉暖意的高原,仿佛又闻到了酥油糌粑的香味儿,闻到了青稞酒的醇味儿,还有那空气里弥漫着的藏红花与艾草的苦味儿。仿佛又听见了那悠扬的驼铃牧歌,那清脆婉转的鸟鸣,那寺院里的法鼓螺号以及金顶檐角的风铃声。曾经,在雪后的日喀则东嘎山上,我们从山顶把"呱呱鸡"(即贝母鸡)追得翻跟头。曾经,在雅鲁藏布江和年楚河交汇处,我们把鞭炮装在啤酒瓶中,点燃后扔向江心,然后划着

跋

牛皮船儿,与江鸥争抢被炸昏漂浮在江面上的鱼儿。一幕幕往事在脑海浮现,一幅幅画面如在目前。

历史就是这样,昨天是今天的历史,今天是明天的历史。日历翻过去了,就再也翻不回来了。这些三十多年前的旧作,也许已然成了旧船票,难以乘坐新时代的列车。比如,当时的西藏还不通火车,青藏公路全线刚铺上柏油,输油管线刚刚修通,对过去的料石路和油罐车而言,是一段历史的终结。因此,我把书名定为《雪域昔影》,也多少带有一种被历史翻过一页的感慨,有一种幸福而酸涩的茫然和失落感。同时,重温旧作,感到当时的作品稚气、书卷气还是浓了些,生活情趣和时代感还是淡了些。在刻意追求华丽的辞章学的同时,篇章结构的雕琢痕迹还是多了些,清新、质朴如清风野花般自然的语言还是少了些。

如果……人生从来没有如果。我只是想说,如果再退回三十年,如果有生之年我身体还许可,如果允许我把走过的路再重走一遍……我还是想去西藏,把没有做好的事做好,把没有做完的事做完,再去见证高原建设的新成就和发展变迁……确实,月有阴晴圆缺,世事又何曾圆满?其实,不圆满也是一种美。美学里不也讲究残缺美吗?维纳斯不也缺了一只胳膊吗?但她照样很美!

在本书整理出版的过程中,我的老同学、西藏自治区人大常委会副主任江白(藏族),给了我很大的帮助、支持和鼓励；西藏自治区党委常委、统战部部长斯朗尼玛（藏族），对本书进行了审读；中国散文学会名誉会长王宗仁、西藏自治区党委宣传部原常务副部长王明星，为本书寄来了感言；西北大学出版社、本书责任编辑陈新刚，为出版本书做了大量具体且琐碎的工作。在此，对他们深表诚挚的谢意。其次，鉴于本书排版过程中空白较多，为美观及增强阅读效果考量，采用了部分作者的生活照片及《日喀则》画册中的部分照片，在此致谢并说明。第三，近两年来，我的许多亲朋好友，不断地函信催问本书的整理出版情况，这也在某种程度上，成了激励和鞭策我尽快出版本书的动力，也算是完成自己一个心愿，也算给亲朋好友一个交代。

人生易老天难老，是豪迈的慨叹！一年一度秋风劲，又何曾不是高屋建瓴？西藏俨然成了我这辈子也绕不过去的话题。它像一块粗砺的磨刀石，曾经磨砺过我的灵魂、世界观，使我的肉体和精神都与它紧紧地融合在一起，幻化为一首散文诗。它和我一起，寓情于景，景中抒情。把哲理寓于写景之中，把深情寓于意象之中，铸就了气度恢宏、鲜明爽朗的艺术风格，能给人以信心和力量。其实，这正是西藏的魅力！

作者

2024 年 11 月 20 日

修改于西安皇城